Fångad, fördömd, fast och glömd

Fångad, fördömd, fast och glömd

Fyra skräcknoveller...och början på en ny berättelse

Alexander Hellström

Förlag: BoD · Books on Demand, Östermalmstorg 1, 114 42 Stockholm, Sverige, bod@bod.se
Tryck: Libri Plureos GmbH, Friedensallee 273, 22763 Hamburg, Tyskland

ISBN: 978-91-8080-926-9

Innehåll

7
Lådan

Det står en låda på bordet. Jag sitter i fåtöljen i andra sidan av vardagsrummet och stirrar på lådan; jag vill inte se den men kan inte låta bli att titta. Lådan är lite större än en skokartong, inslagen i brunt papper och bunden med snöre, på kortsidan sitter en etikett med min adress. Jag väntar ingen försändelse, jag har inte beställt något. Men jag hämtade lådan, fast jag inte ville, fast blotta tanken på den ökar min puls med trettio slag per minut. Jag reser mig ur fåtöljen, vänder tvärt och går mot köket. Pulsen sjunker något, jag känner mig orimligt lättad. Det är ju bara en låda. I köket väser vinddraget från det gamla fönstret, från hallen hör jag väggklockan ticka. Jag tar tre djupa andetag, sträcker på mig och går tillbaka. I dörröppningen till vardagsrummet skymtar jag lådan i ögonvrån; en rysning skjuter längs nacken och jag ryggar sakta tillbaka. Nej. Det är bara en låda. I brunt papper och snöre. Som står på mitt bord. Jag lutar mig mot dörrkarmen, blundar, tänker på när lådan först dök upp för en timme sedan.

För en timme sedan satt jag i fåtöljen och väntade på ingenting, en vanlig dag. Klockan tickade som vanligt och fönstret drog som vanligt. Jag gick till köket för att koka te, när det knackade på dörren. Det knackade på dörren, fast jag väntade ingen. Det knackade på dörren, fast ingen hördes utanför. Allt blev tyst när jag reste mig ur fåtöljen, luften kändes annorlunda i hallen. Misstänksamt satte jag örat mot dörren, men hörde inga steg, hörde inga ord. Med ett misstänksamt öra mot dörren höll jag andan och öppnade; bara lite, ingen där, lite mer, ingen där. Jag öppnade dörren helt, höll andan, ingen där. Bara en låda. En låda på golvet. En låda med brunt papper och snöre. Bara en låda som jag tog upp och bar in; klockan tickade som vanligt och fönstret drog som vanligt. Jag var först förvånad, sedan nyfiken, sedan misstänksam. Lådan kändes kall, hård och tung i mina händer, jag satte den på bordet och sjönk åter ner i fåtöljen.

Jag står kvar lutad mot dörrkarmen, tänker på lådan. Tänker på vad lådan är, och inte är. Jag sträcker på mig, skakar på huvudet och går med lugna steg mot bordet. Det är bara en låda. Jag blir nyfiken igen, sätter mig vid bordet och tittar på lådan. Den är prydligt inslagen, det bruna pappret doftar skog och kontor. Jag tittar på lådan, rör den inte, varför vet jag inte. Klockan tickar högre i bakgrunden, jag kan inte ta ögonen ifrån lådan. Klockan börjar ticka högre och en märklig känsla knyter i bröstet; är det klockan, eller är det lådan? Vad är det egentligen för ljud?

Min syster brukade skicka paket till mig; de där handgjorda, fina pralinerna från hennes lilla butik på Södermalm. Hon var alltid så kreativ, hade kämpat så länge för att få butiken att gå runt. Flera gånger i veckan sträckte sig kön ut på gatan; hennes lilla pralinbutik hade blivit något fantastiskt som alla pratade om.

Sedan tog det slut. Allting tog slut genom en hal trappa på vintern. Ingen butik, inga praliner, ingen syster. Jag tänker inte på henne lika ofta längre, men lådan som står på mitt bord får mig att minnas. Jag tittar närmare på lådan igen och letar efter en avsändare; jag vänder på lådan, igen, igen, igen. Jag slutar blinka, håller andan. Igen, igen, igen. Jag tittar flera gånger på varje sida, som att en lapp skulle dyka upp av sig själv. Mina ögon är större än vanligt och jag andas mig själv muntorr, lådans tidigare doft förvandlas till något unket och oaptitligt. Jag kippar snabbt efter luft och skyndar tillbaka till fåtöljen, minnet av min syster tynar bort och jag stirrar åter på lådan i brunt papper. Vem har gjort det här, varför? Jag har inte beställt något, jag har inte bett om något. Jag vet att jag inte måste titta på lådan, jag måste inte ens behålla den men ändå står den kvar på mitt bord. Paketsnöret verkar bli längre, kryper ner på bordet framför mig. Klockan tickar i hallen, kanske snabbare än vanligt. Luften känns tyngre och jag knäpper upp översta skjortknappen, reser mig och stegar bestämt till bordet där lådan står. Snöret är precis lika långt som när lådan kom till min dörr, det är i varje fall vad jag intalar mig själv. Jag plockar upp ena änden av paketsnöret, känner det med fingertopparna. Det känns grövre än vad paketsnören brukar. Kanske. Det känns hårt och strävt, nästan taggigt. Lådan luktar ingenting nu, draget i fönstret går i takt med mina andetag. Det är klart jag ska öppna lådan, varför skulle jag låta bli? Jag drar i det mjuka paketsnöret och lösgör rosetten på ovansidan; nyfiken, hoppfull. Rosetten går upp när jag drar snöret den sista biten, men tappar taget och rycker till av en brännande smärta i pekfingret. Jag reser mig hastigt, tittar på det lösa snöret som ligger på bordet runt lådan. Ser det röda som en skugga på snöret, ser det röda som ett pennstreck på fingret. Mina ögon spärras upp och jag håller mig om det blödande fingret, håller andan som för att lyssna efter ljud. Snöret var mjukt när jag drog i det. Jo, det var mjukt, hur kunde jag...? Jag torkar svett från hårfästet och tittar motvilligt på fingret, men inget sår finns att se. Inget blod, ingenting. Av ren reflex slår jag ner paketsnöret på golvet, klockan tickar högre och lite för snabbt. Jag vet vad jag såg, jag vet vad jag såg. Jag blundar, gömmer ansiktet i händerna och skakar på huvudet. Det räcker nu, jag måste öppna lådan. Jag måste få ett slut på det. Med tunnelseende kastar jag mig fram och tar tag i lådan, i ögonvrån ser jag hur snöret åter ligger bredvid den på bordet. Jag känner den skrovliga ytan på det kalla papperet och nyper tag om ett hörn på varje sida, hinner känna en svag doft av mörk choklad, blåbär och likör innan det svartnar för ögonen. Huvudet bränner till som av en örfil, munnen smakar blod och mögligt trä. Det är som att vakna ur en mardröm när jag drar in ett stort andetag, jag är tillbaka i fåtöljen och ser lådan i brunt papper stå kvar på bordet. Rummet snurrar, jag tittar på klockan i hallen som verkar gå åt fel håll. *Det här händer inte, vad är det som händer*, tänker jag, men hör tankarna från en röst jag inte känner igen. Jag kniper ihop ögonen och huvudet faller ner i händerna, men jag lyckas inte fly; bakom mina ögonlock ser jag lådan växa sig större för varje panikslaget andetag, den skrattar dovt och grovt paketsnöre slingrar sig om min arm. Snöret drar åt hårdare, hårdare. Klockan tickar i dubbel hastighet, fönstret tjuter gällt och för ett ögonblick känns det som att mitt hjärta ska stanna. I ett ljudlöst skrik tittar jag upp från händerna. Jag är kvar i fåtöljen, lådan i brunt papper och snöre är kvar på bordet. Jag reser mig, utan att tänka på det borstar jag av en bit paketsnöre från armen. Jag närmar mig bordet för tredje, fjärde eller femte gången. Jag har glömt hur man blinkar och stirrar på lådan så ögonen värker. Den rör sig, eller nej, det gör den såklart inte. Varför skulle ens min syster...? Min tanke fryser som isen på trappan, en vag smak av gamla jordgubbar passerar min mun. Jag faller på knä vid bordet och tar ett hårt tag om lådan, ögonen börjar tåras. Vem är den ifrån? Vem är den ifrån? Jag upprepar samma ord sex gånger tills tankarna förvandlats till hörbara viskningar. Det är dags att öppna lådan, jag står inte ut längre. Mina fingrar vitnar och jag sliter av det bruna pappret, blinkar hårt och ser lådan stå intakt på bordet, två decimeter längre bort. Jag reser mig plågsamt, mina andetag känns som att jag är under vatten. Jag hör glas spricka och klockan tickar med ett mycket mörkare ljud. Jag tänker inte längre, andas knappt. Jag knäpper upp skjortan och går på automatik till köket, hämtar en kniv från översta lådan, vet inte ens varför. När jag kommer tillbaka till vardagsrummet känns det som att kliva på en båt, tag tar tag i bordskanten för att inte falla och pekar med knivspetsen mot lådan. Vet inte ens varför. Det är bara en låda, i brunt papper och snöre på mitt bord. Med en darrande hand för jag in den skarpa eggen under snöret, skär av det med ett snabbt ryck. Snöret dalar ner till bordet, det svider till i pannan, jag biter ihop och fortsätter. Ljuden från klockan och fönstret smälter samman till ett slags kluckande andetag när jag sätter den blanka spetsen mot det bruna pappret. Jag behöver ingen kniv till det här, men faktiskt behöver jag det. Bladet glider in genom pappret på lådans ovansida och jag skär utåt, jag bryr mig inte längre; inte om den heta smärtan längs ansiktet, inte om att svetten som rinner ner visar sig vara mörkröd. Jag kan höra lukten av gammalt trä, jag ser lådans mörkbruna färg blottas. Klor river mitt bröst när pappret slits av, jag kan varken blinka eller stänga munnen längre. Klockan är inne i mitt huvud, tickandet slår min panna inifrån. Fina praliner hade sannerligen passat bra just nu. Med en panikslagen lättnad lyfter jag upp lådan. Det är bara en låda, en låda av trä i mina händer. Jag börjar lätta på locket, torkar blod ur ögonen för att se bättre. Det är slut, om bara ett ögonblick är det slut och precis som vanligt igen. Vinddraget skriker ut fönstret, klockan i mitt huvud tickar med sex slag per sekund, mina andetag ännu snabbare. Locket går upp och jag tappar balansen innan jag hinner se in i lådan; tjockt rep som förut var knutet runt lådan fängslar mina fötter, jag stapplar, faller bakåt och bort från bordet. Jag hinner inte skrika, känner nästan ingenting när mitt bakhuvud slår i fåtöljens armstöd. Jag faller ihop i en hög på golvet, lådan hamnar bredvid mig, oskadad. Min syn är suddig som att jag lånat farfars glasögon, jag blinkar bort blod och tårar och sträcker mig efter lådan. Vem har gjort det här? Jag har inte beställt något. Smärtan bränner till en sista gång innan det blir kallt, jag får tag i lådans kant och drar den till mig. Synen försvinner och jag känner inga lukter längre. Fönstret har tystnat, klockan har stannat. Det ligger en låda på golvet, bredvid en tom fåtölj. Jag känner ett mörkt lock av trä stängas över mig, hör mig omslutas av ett prasslande ljud. Världen gungar rofyllt och jag känner inget längre, ingen smärta i kroppen, ingen smärta någon annanstans, ingen lukt och ingen smak. Innan jag somnar för alltid hinner jag känna en stor duns, följt av ljudet från knackningar och en dörr som öppnas.

14
Nästa station

"Di-du-dun...Nästa, Kärrtorp"

Den dagliga resan med tunnelbanan är min lugna stund; min tid för mig själv, bara jag, mina tankar och en god bok. Min stund av lugn inför jobbet, min stund av lugn efter jobbet. Det är något rofyllt med vagnens susande läte, sorlet av prat, känslan av det mjuka sätet, de blandade dofterna av stadsmiljö. Jag tittar ut genom fönstret när tåget passerar Gränsbergsparken; solen kikar fram genom den grå himlen, två personer reser sig och går mot den närmaste dörren. Jag ska inte av förrän vid Odenplan, det är ytterligare tolv stationer. De mjuka bromsarna surrar när tåget stannar vid Kärrtorp. *"Di-du-dun...tåget går mot Hässelby Strand"* Fyra personer kliver på, en av dem tar sätet snett emot mig. Ingen av oss tar notis om den andre, precis som jag vill ha det. Jag lyfter upp boken och fortsätter läsa; en nyutgiven novellsamling där jag just läser den oväntat kusliga berättelsen om en låda. Tåget rullar och jag sjunker djupare in i boken; utropen hörs bara svagt i bakgrunden, vagnen kränger lätt. Personen snett emot mig tar fram en laptop och börjar skriva. Jag förstår inte det här med att använda dator på tunnelbanan; krångligt, opraktiskt och vem som helst kan se vad man skriver. Det är i alla fall ett tyst tangentbord. Jag ser fram emot att komma till kontoret, ta morgonkaffe med kollegorna och fortsätta med det nya kundprojektet jag fått förtroendet att hantera. Chefen, Amin, är mycket nöjd och efter tre år på företaget kan jag se något stort framför mig.

"Di-du-dun...Nästa, Gullmarsplan"

Nästa halva resan har gått när tåget rullar in på en av linjens större knutpunkter. Gullmarsplan förbinder tågen mot Skarpnäck, Hagsätra och Farsta Strand, spårvagn och en bussterminal. Det är inte konstigt att många fler resenärer kliver på här på morgnarna och idag är inget undantag. Alla säten blir plötsligt upptagna, jag flyttar mig en symbolisk centimeter för att ge plats åt personen bredvid mig. Sorlet av prat blir högre, blandar skratt med suckar, småbarnsgnäll med telefonsamtal. Mannen med datorn fortsätter skriva tyst, en kvinna bakom mig skalar en apelsin. Jag försvinner tillbaka in i boken, skärmar av allt omkring mig, tänker igen på det kommande kaffet. Över den allt högre blandningen av ljud hör jag hur tåget passerar station efter station, *"Nästa, Medborgarplatsen...Slussen...T-Centralen"*. Vid T-Centralen blir vagnen som vanligt helt fylld med folk, stationen är knutpunkt för alla tunnelbanelinjer och pendeltåg vilket utropen förtydligar. *"Nästa, Hötorget...Rådmansgatan, Odenplan"*. Jag gör mig redo att kliva av, stoppar undan boken och ursäktar mig förbi mannen med datorn, som suckar besvärat när jag ofrånkomligt stöter i hans knä. Jag mumlar några "...ursäkta..." till den mindre folkmassan, som verkar bli tätare ju närmare dörren jag kommer.
"Ursäkta...ursäkta". Klungan framför den öppna dörren rör sig inte och jag börjar klämma mig förbi. *"Vänligen lämna plats för*

avstigande". De lämnar inte plats för avstigande, inte vid den här dörren. I ögonvrån ser jag hur resenärer kliver ut genom de andra dörrarna, men i denna dörr är det fan omöjligt. *"Se upp för dörrarna...dörrarna stängs"*. Jag håller andan och trycker mig mot tre personer vid dörren men får bara irriterade kommentarer till svar. Fattar de inte att jag ska av? Jag missar precis och tunnelbanan rullar vidare. *"Tåget går mot Hässelby Strand"*. Det är trångt åt alla håll och jag kommer inte tillbaka till min sittplats. Det luktar fortfarande lite apelsin, tillsammans med färsk cigarettrök från en nypåstigen. Tåget rullar vidare, jag suckar med eftertryck och sneglar på klockan. 08:42. Bara jag byter vid nästa station hinner jag tillbaka innan nio. Laptopens tangenter knappar högre, ungefär som att killen börjar bli stressad. Jag håller mig intill dörren; folk omkring mig står onödigt nära och jag ser gott om lediga sittplatser längre bort i tåget.

"Di-du-dun...Nästa, Fridhemsplan"

Va, vafan hände med Sankt Eriksplan? Jag måste av, jag är två stationer fel. Klockan säger 08:49, jag kan fortfarande hinna, bara jag...kommer...av nångång. Fridhemsplans smutsgula väggar rullar förbi bakom en ovanligt tät folkmassa. Det spelar ingen roll, jag ska av. Tåget stannar äntligen och jag gör mig redo att trycka mig förbi vem som än ställer sig i vägen. Dörrarna öppnas, men inget händer. Jag hör ljudet av dörrar som öppnas men inte den framför mig; istället ser jag den lysa upp i rött, plötsligt avstängd alltså. Det är för trångt, varmt, instängt. Aldrig att jag hinner till de andra dörrarna.

"Lämna plats för avstigande, LÄMNA plats för avstigande!" Hur är det möjligt att ha såhär mycket oflyt? Jag drar fram mobilen och skickar meddelande till Amin att jag blir sen, att det är strul med tunnelbanan. Det stämmer ju faktiskt, men exakt vad för strul är det egentligen? Knappt en minut senare plingar ett svar i mobilen. "Lugnt, vi ses när du kommer!" Svaret lättar mig en aning, men det börjar bli riktigt kvavt i vagnen.

"Di-du-dun...Nästa, Bergshamra"

Ursäkta? Det ligger ju inte ens på gröna linjen, måste vara tekniskt fel med utropen. Tåget ökar farten, lite för fort på något sätt. Jag sneglar omkring mig; folkmassan vid dörrarna är upplöst, killen med datorn står plötsligt bredvid mig och knappar högt, i ögonvrån ser jag hur ytterligare en person öppnar en apelsin. Jag stirrar på den illröda lampan vid det avstängda dörrparet framför mig, stirrar på informationsskylten längre bort i tåget. En text rullar förbi, *"Tänk på avståndet mellan vagn och plattform när du stiger av"*. Ja, jag vet, låt mig bara stiga av så lovar jag att tänka på det. Jag går till nästa dörrpar, lukten av apelsin blir starkare på ett kvalmigt sätt. Tåget skakar till, rubbar min balans för ett ögonblick. De skarpa, vita lamporna på tunnelns insida svävar förbi; långsammare, långsammare, tills de nästan är stilla. Tunnelns svarta vägg möter min blick genom de stängda dörrarna, och jag kan se på en sliten skylt att tåget faktiskt stannat i Bergshamra. Men det kan inte stämma, det är fel linje. Jag vänder mig om för att kliva av och komma ur den här skeva tunnelbaneresan, men möts av ytterligare ett stängt dörrpar. Ytterligare en svart tunnelvägg. Ytterligare en skrikande vit lampa. Jag vänder mig igen, igen, igen. Bara tunnel på båda sidor, men i bakgrunden hör jag ljudet av dörrar som öppnas och människor som kliver av. *"Lämna plats för avstigande, LÄMNA plats för avstigande!"* Jag börjar få panik på riktigt, det här är inte normalt. Jag vänder mig mot en äldre man intill mig, kanske med större ögon än jag är bekväm med.

"Eh, ursäkta, var stannade vi just?"

"Bergshamra, hörde du väl?" Mannen stoppar in en klyfta apelsin i munnen och tittar på mig som att jag är dum i huvudet.

"Di-du-dun... Tåget går mot H...se...arn...ed". Utropet hackar som en dålig radio, jag tar ett ledigt säte och sjunker ner med ansiktet i händerna. Vad ska jag förvänta mig vid det här laget? Nästa Alvik? Danderyds Sjukhus? Varför är det ingen tågvärd som ropar ut att det är tekniskt fel med både dörrar och skyltar? Jag tittar mig omkring i vagnen och ser omkring tjugo personer, fullständigt oberörda av allt som inte funkar. Någon pratar lite för högt i telefon, ett mindre grabbgäng skrattar med fötterna på sätet och så är det den där jävla apelsinen. Jag kollar klockan igen, den visar 09:23. Mer än en halvtimme sedan Fridhemsplan, eller vad det nu var. *"Haha, jag vet, jag åkte precis från Hötorget"* överhör jag från telefonsamtalet. Det gjorde du ju inte, vadå Hötorget? Längst bort i vagnen ser jag en man med stor mustasch och sliten kostym resa sig. Han håller en hatt framför sig, harklar sig högt och börjar sakta

gå, sjungandes på "Bella Ciao" med någon form av operaröst. *"O partigiano, portami via..."* Min telefon plingar igen, det är ett nytt meddelande från Amin. Han frågar hur det går och jag svarar att tåget stannat mellan två stationer, eftersom det är ungefär vad som hänt. Han svarar igen att det är lugnt och jag vet egentligen att han menar det, men jag får ändå en känsla av att meddelandet har en underton av sarkasm och tvivel. *"...Bella ciao, bella ciao, bella ciao..."* Sångaren med mustaschen kommer närmare, samtidigt som han vrider sig åt sidorna med hopp om att få något i hatten. Seriöst, jag åker inte tunnelbana för att tvingas lyssna på halvtaskig opera.

"Di-du-dun...Nästa, Kymlinge"

Jag suckar tungt och det tar en stund innan jag reagerar. Vänta, va, vadå Kymlinge? Den där stationen på blåa linjen som varit övergiven sedan den byggdes på 70-talet. Jag vill ringa och skälla ut någon, det är inte läge att skämta såhär med människor som bara försöker komma till jobbet. Jag ser mig omkring; ingen bryr sig om utropet, grabbgänget gör sig redo att kliva av. *"...E ho trovato l'invasor..."* En dator smälls igen, apelsinskal faller till golvet.

"Di-du-dun...Nästa, nästa, nästa, nästa"

Bromsar skriker långsamt, tåget stannar med ett kraftigt ryck. Det här händer inte. Ljudet av tio dörrpar som öppnas ekar genom en besvärande tystnad. Det här händer inte. Jag reser mig med ett ryck som väckt ur en mardröm och kliver fram till den närmaste öppna dörren. Det är ingen på tåget, ingen alls. Försiktigt kikar jag ut över den förfallna perrongen och det är ingen där, ingen alls. *"...O bella ciao, bella ciao, bella ciao ciao ciao..."* Det är tomt överallt men sången fortsätter, fast långsammare.

"...E...ho...trovato...l'in...va...sor..." Ska jag gå av? Nej det verkar ju vansinnigt, gå av på en övergiven station.

"Di-du-dun...Di-du-dun...Di-du-dun...Di-du-dun..."

Jag hoppar till av den plötsliga signalen, fryser i ett andetag och väntar på det kommande utropet. En kall svettdroppe rinner längs ryggen, inget händer. *"...Be...ll...a...cia...o...b...e...lla...ci...a...o..."* Det här jävla tåget. Det kanske är värt att gå av och ta en buss istället.

"Bergshamra, hörde du väl?" Jag vänder mig igen och mannen från förut tittar på mig; hans röst är monoton istället för besvärad, apelsinen är borta och något med honom verkar gråaktigt.

"Bergshamra, hörde du väl?" Jag tar ett kort steg bakåt, dropparna på ryggen blir fler när ytterligare fyra personer plötsligt stirrar på mig. *"...O parti...giaaanooo..."* De har alla samma gråa ton, tittar på mig lika tomt och upprepar växelvis samma ord.

"Bergshamra, hörde du väl? Bergshamra, hörde du väl? Bergshamra, hörde du väl? Bergshamra, hörde du väl? Bergshamra, hörde du väl? Bergshamra, hörde du väl? Bergshamra, hörde du väl? Bergshamra, hörde du väl? Bergshamra, hörde du väl?"

Buss eller inte, skitsamma, jag måste av den här jävla tunnelbanan. Männens gråa närvaro nästan trycker mig mot dörren, men jag hade inte behövt någon hjälp. Jag vänder mig igen och blickar ut över den kusliga betongen på Kymlinges plattform, tar ett steg och kliver av. Jag känner den kyliga luften, hör ett sista "Bergshamra, hörde du väl?" innan dörrarna stängs med ett pysande läte. Jag andas ut av lättnad, redo att ta upp telefonen och ringa Amin när jag plötsligt tappar balansen. Av reflex tar jag tag i stången bredvid mig och ser perrongen rulla förbi, snabbare och snabbare. Tåget är fullt med människor, samma som förut och jag spärrar upp ögonen så huvudet värker.

"Di-du-dun...Nästa, Skarpnäck"

Skarpnäck. Stationen längst ut på gröna linjen. Stationen där jag klev på tåget från början. Jag vill inte ens titta ut och vet inte vad som skulle vara värst; att se att det är Skarpnäck, eller att se att det inte är Skarpnäck. Grabbgänget skrattar högre, en bebis gråter, sångaren med hatten närmar sig. *"...O bella ciao, bella ciao, bella ciao, ciao, ciao..."* Ingen ger honom pengar och han verkar inte bry sig.

"Nästa, Alby" Ligger inte ens på gröna linjen.

"Nästa, Blackeberg" Jaha nu är vi plötsligt i andra änden av gröna linjen. Jag släpper ut ett desperat skratt och hoppas att ingen tittar på mig.

"Nästa, Skarpnäck" Igen?

"Nästa, Kungsängen" Som är en pendeltågsstation.

"Nästa, Hägernäs" Som ligger på Roslagsbanan.

"Nästa, Värmland" Jag skrattar och gråter samtidigt, varför är det bara jag som har ett problem med det här? *"...O partigiano..."*

"Nästa, Sankt Eriksplan" Jag hajar till, knuffar nästan kvinnan bredvid mig. Nära nog, jag kan lika gärna gå därifrån. Jag vänder mig mot dörrarna, tittar ut, ser det välbekanta smutsvita kaklet på tunnelväggen. Nu är det dags att gå av. Dörrarna öppnas med ett plingande ljud och tre personer går av före mig. Jag går efter, kliver igenom dörrarna, ombord tåget och dörrarna stängs bakom mig. Ombord tåget? Jag känner kväljningar när tunnelbanan lämnar perrongen och tar mig vidare. Jag andas häftigt och ytligt, skrattar med tårar i ögonen och segnar ner på vagnens golv, svettig i hela ansiktet. "Nästa, nästa, nästa..." mumlar jag för mig själv, bryr mig inte ifall någon ser mig, "Heheh, nästa, nästa...Odenplan, heheh, nästa Odenplaaa..."

"Hallå, hör du illa eller? Gå av eller flytta på dig!" Jag har tydligen hamnat mitt i vägen för dörrarna och reser mig förvirrat mittemot killen som skriker åt mig. "Gå...av," mumlar jag svagt, "ja...Ja jag ska gå av. Odenplan. Hehe." Killen tränger sig förbi mig och slänger ur sig "jävla miffo", samtidigt som han stoppar en bit apelsin i munnen. Jag stannar upp för en stund, mitt på perrongen. Odenplans perrong. Ingen står i vägen. Inga underliga utrop. Inget Bella Ciao. Jag går lugnt mot rulltrappan, ser mig omkring som att jag aldrig varit på Odenplan förut. Ut genom spärrarna, ut på torget. Jag tittar slött på klockan, 09:57, orkar inte bry mig. Från tunnelbanan är det bara ett kvarter till kontoret men jag låter promenaden ta längre tid än vanligt, njuter av den friska luften och ljudet av öppen gata. När jag kliver in på arbetsplatsen vinkar två kollegor till mig och jag förbereder mig av någon anledning på att bli utskälld, när Amin kommer ut från sitt rum.

"Men tjena, där är du ju," utbrister han helt avspänt, "vilket tågstrul, va?" Jag vet inte ens hur jag ska svara, nickar och småskrattar så lugnt jag kan. "Du hinner precis till mötet, vi ska vara i stora konferensrummet. Gå du i förväg, jag ska bara hämta en sak." Jag fortsätter tyst till konferensrummet, möts av Carina och Bertil som hejar kort. Jag tar för mig en kopp kaffe, hör kollegornas småprat i bakgrunden och väntar på att Amin kommer tillbaka. I småpratet hör jag hur Bertil börjar nynna på en melodi, Carina skrattar och tar en apelsin från fruktskålen på bordet, jag stirrar ner i koppen och vill bara att mötet ska börja. Det drar kyligt från det halvöppna fönstret och Bertil reser sig för att stänga det, har han förresten alltid haft mustasch? *"O partigiano, portami via..."* Vinddraget får dörren att smälla igen, hårt så det piper i öronen. Stolen gnisslar, det känns som att den rör sig. Jag tar tag i stången och ser genom fönstret hur molnen rör sig förbi snabbare och snabbare.

"Di-du-dun...Nästa, Kärrtorp"

25
Stugan

“Hej pappa, hur är det?” Jag vet egentligen att det inte är så bra, det har ju bara gått några veckor sedan släkten samlades i den lilla kyrkan i Torpsbyn.

”Ja, du vet”, suckar han tungt, “mycket med det praktiska, och så ska man hinna sörja också.” Pappa är inte en person som ber om hjälp och även om jag känner mig skyldig, insisterar jag inte på det heller. Jag har fullt upp i mitt eget liv och jag kände inte ens farfar så väl. Jag har bara några vaga minnen av farfar från när jag var liten; vi hälsade på ibland under sommaren, på den tiden farmor fortfarande levde och de hade katterna. Jag minns faktiskt mest katterna, farfars skratt och hur det luktade hos dem. Senast jag ens såg en bild av farfar var över två år sedan; katterna och farmor var borta sedan länge, farfar var mager och tom i blicken.

“Jag, eh...finns det något jag kan göra?” Jag frågar enbart för att det hade känts märkligt att låta bli, det är ju ändå min pappa. Jag hoppas att min motvillighet inte hörs alltför tydligt.

“Jag vet inte, det är nog jag som har bäst koll på alla abonnemang, myndighetsgrejer och sånt där.” Det blir obekvämt tyst för en stund och jag har ingen aning om hur jag ska bete mig. “Eller jo, i och för sig, dödsboet. Stugan, alltså. Ingen har ju varit där sedan farfar kom in på hemmet förra året. Vi behöver alla hjälpas åt att gå igenom vad som finns där, men kan inte du åka dit och ta en snabb titt? Jag tror det är för mycket för mig att ta in fortfarande.” Det känns som att jag är tyst i flera minuter, det här var inte alls vad jag ville ställa upp på.

“Jo, ja, visst,” hör jag mig själv säga, när jag egentligen ville att samtalet skulle brytas. “Jag skulle kunna åka dit i helgen, om det behövs.” Pappa suckar igen men jag hör att det är av lättnad.

“Tack gubben, det hjälper verkligen. Och du, det kanske blir kul, om du ser nåt du känner igen. Jag skickar en vägbeskrivning sen, det är inte helt lätt att hitta från motorvägen. Och kom förbi mig på vägen så får du nyckeln.” Det klickar i telefonen när samtalet avslutas, jag gnuggar mig frustrerat i ögonen och ser en lång bilfärd framför mig som jag inte alls ville ha i planeringen. Torpsbyn, jävla Torpsbyn. Sak samma, jag ska bara åka dit, gå in i stugan och tillbaka, så jag kan säga till pappa att jag tagit “en snabb titt”.

***

Absolut ingenting är bekant här ute, jag hade lika gärna kunnat vara i ett annat land. Jag har kört nästan hela dagen, vägarna blir mindre och mindre, husen blir färre och färre. Det har gått i vart fall tjugo minuter sedan jag passerade den matta, slitna vägskylten som berättade för mig att jag kommit till Torpsbyn, men nu är det nästan hopplöst att avgöra om jag är på väg in eller ut från den lilla orten. Lövskogen blir allt tätare omkring vägen, jag vet inte ens vilken kommun jag är i längre. Hela miljön blir mer och mer öde och nu är det över en kilometer mellan varje hus jag kör förbi. Tänk positivt nu, det kan faktiskt bli kul. Jag garvar åt min egen lögn, nej det kan det inte, men det är inte därför jag är här. Jag är här för att ställa upp för familjen. Från höger sida av vägen ser jag ett äldre par kliva ut på verandan till sitt slitna hus, som en gång i tiden verkar ha varit gult. De ser mig. Tittar på mig. Stirrar på mig som att de inte sett folk förut, eller att det åtminstone var mycket längesedan någon körde förbi här. Jag vinkar inte, bara kör förbi som om de vore ett träd. Undrar om farfar kände dem? Eller nej, han kände väl ingen alls. Något omkring mig förändras; luften blir gråare, kallare, och jag kan fortfarande känna parets stirrande blickar i nacken. En snabb titt, det är allt jag kommit hit för. Vägen går från grus till jord och på några ögonblick kör jag i princip mitt i skogen. Är det verkligen rätt? Det måste det vara, det finns ingen annan väg. Till vänster är det bara skog, till höger är det bara skog och bakom mig är det bara skog. Den knöliga, nästan obefintliga vägen knakar under hjulen, en kråka flaxar förbi. Mellan träden, tvåhundra meter fram, ser jag äntligen ett hus. Det måste vara farfars stuga, inte en chans att fler personer bor såhär avlägset. Omgivningen blir allt gråare ju närmare stugan jag kommer, vägen är knappt alls en väg längre. Jag kör igenom den öppna grinden, som hänger rostig i ett av gångjärnen och gnäller dovt efter vinden. Jag parkerar bilen på en del av tomten som är någorlunda platt, skakar på huvudet och drar en utmattad suck innan jag kliver ut. Mörkret börjar falla, de gröna träden kommer snart vara svarta. Framför mig står stugan som jag inte sett på hur många år som helst. Den korta trappan upp till verandan saknar sitt översta steg, fasaden är sjukligt grå under den bleka och flagnade färgen. Jag lirkar upp nyckeln ur fickan och undrar om den överhuvudtaget kommer behövas, samtidigt som jag närmar mig dörren. Bara en snabb titt, det är allt. Dörren känns oväntat robust när jag trycker in nyckeln och vrider om, jag tittar snabbt bakom mig ungefär som att det skulle vara någon annan här. En svag lukt av fukt och jord passerar mig i dörröppningen och jag skymtar ett förspikat fönster i ögonvrån. Inne i stugan är det mörkare än utanför, jag kliver in och letar direkt efter en strömbrytare på väggen utan att känna något. Jag tar ett steg in i rummet, hinner precis se ett bord och en trasmatta framför mig när dörren smäller igen. Jag hoppar till och drar efter andan, skrattar lika hastigt åt min reaktion. Det är bara ett vinddrag, eller så är dörren lite sned, men stugans insida har genast gått från ganska mörk till totalt svart. Kvällens sista ljus tränger igenom det igenbommade fönstret, en kråka låter igen. Jag rör mig långsamt längs med väggen, trevar efter ljusknappen som ju måste finnas här någonstans. Den gamla träväggen känns kall och skrovlig, mitt knä stöter emot någon slags möbel och jag hör ett svagt knarrande ljud som verkar komma uppifrån taket. Detta börjar bli larvigt och jag vänder om för att hämta en ficklampa från bilen, men när jag lägger handen på handtaget vill dörren inte röra sig. Jag vrider bestämt, drar, trycker men den gamla trädörren är helt stum. Så mycket för "en snabb titt", nu måste jag verkligen fixa ljus här inne. Jag snavar till på något som bör vara en matta och faller över bordet, eller vad det nu är för möbel. Jag häver mig upp på armbågarna och känner något mot mina händer. Något bekant, lätt, strävt. En tändsticksask. En bra början, men räcker inte långt, finns tändstickor måste det finnas något att tända. Jag känner under bordet och hittar två lådor, den undre sitter fast och den övre glider ut. Jag stoppar försiktigt handen i lådan och känner flera föremål; något mjukt, något kantigt, något spetsigt som absolut skulle kunna vara en kniv, och till sist vad jag letar efter. Smalt, hårt, räfflat på ena änden och urgröpt på den andra. Ljuset är bara några centimeter långt, men det ska bara hjälpa mig hitta en strömbrytare. Jag skjuter ut den lilla asken, hittar tre tändstickor. Tar ut en, drar mot plånet, håller andan och för den mot veken. Jag skrattar tyst åt tanken på att ingen av stickorna skulle ha fungerat, medan ljusets låga fladdrar till i det svarta huset. Jag griper min korta ljuskälla mellan fingrarna och fortsätter längs väggarna; den lilla lågan hjälper en liten aning, möbeln jag föll över visar sig vara ett slags skåp snarare än ett bord, och en ljusfärgad trasmatta ligger på golvet. Jag närmar mig det igenbommade fönstret försiktigt; jag undersöker om brädorna går att lossa för att få in mer ljus. Lågan fladdrar, jag ser två lösa spikar, tar tag med min lediga hand och drar. Ett öga på brädan, ett öga på ljuset. Brädan ger vika och ger ifrån sig ett träigt knakande ljud, i andra ögonvrån ser jag något på väggen som kan vara en knapp, men det känns som att jag borde bryta upp fönstret ändå, ifall lampan inte fungerar. Jag sliter envist i den sviktande brädan, från taket hörs nu ett gällt väsande. Ljudet av krasande trä förändras och låter mer som när man rensar fisk. Är det något bakom brädorna? Jag håller fram ljuset, håller andan, det är något mer än bara spikar som håller fast brädorna. En plötslig smäll på fönsterrutan får mig att tappa taget och snubbla till golvet, en kråka kraxar högt utanför och fladdrar raskt iväg igen. Min puls slår dubbelt och känns i halsen, jag rycker upp från golvet och sätter handen där jag såg strömbrytaren, känner knappen och trycker ner. Stugans gamla elledningar surrar dovt och en stor, rund taklampa blinkar tre gånger innan ett fast sken gör husets insida synlig. Ljudet från taket skrapar och börjar låta som något levande. Det vore i och för sig konstigt om den här övergivna stugan inte har råttor. Det är stökigt i rummet; saker överallt, slitna möbler, döda krukväxter. En fläckig soffa står mitt i rummet på den ljusgråa trasmattan, mittemot eldstaden som är full av aska. Jag minns doften av öppen eld från somrarna i stugan när jag var liten, katterna som låg framför den och farmor som brukade sitta i soffan och sticka. Katterna. Jag kommer ihåg hur de lät, nästan så jag kan höra dem fortfarande. Jag ryser av skrapet från taket som blir tydligare och högre, nej jag behöver verkligen inte ta en titt där uppe, även om det bara är råttor. Jag kommer inte ens ihåg att stugan skulle ha en vind, men jag har ett minne av en källare. Intill soffan ser jag ett par tofflor, i den ena tofflan ligger en död fågel. Nej, det räcker, jag kan ärligt säga att jag tagit en titt och jag tror inte att någon behöver veta mer om stugan. En svag, söt doft av mögel svävar genom luften när jag vänder mig mot dörren, något säger mig att jag måste ut nu genast och mina steg blir snabbare. Stopp. När jag trycker mot dörrhandtaget tar det stopp. Jag rycker i dörren, drar handtaget upp och ner men ingenting händer. Huden i min nacke drar ihop sig, dörren måste ha gått i baklås förut. Jag gräver i fickorna men hittar ingen nyckel, tittar genast mot väggen där jag snubblade och ser fönsterplankan i ögonvrån. Jag vill verkligen inte veta vad som finns där, jag vill bara ut. Till slut ser jag nyckeln vid ett av soffbenen, jag böjer mig ner och ser något annat; ett märke på den gamla trasmattan, ett mörkbrunt märke med formen av en halv hand. Nej, aldrig i livet, jag ska ut nu! Jag kramar om nyckeln och vänder mig om, tappar andan så det känns som jag kvävs. Det finns ingen dörr där, bara en tom vägg. Jag blinkar hårt, går darrande fram och känner på väggen. Möbeln jag föll över tidigare står kvar på samma plats, allt annat ser likadant ut. Vad fan är det här? Taket låter igen och nu är jag övertygad om att det låter som en katt. Vad gör jag nu, hur kan en dörr ens bara försvinna och varför lämnade jag telefonen i bilen? Andas, andas. Min puls slår dubbelt. Det måste finnas en annan dörr. Jag går försiktigt genom rummet, hör kråkan igen. Golvplankorna knakar under mig, eller är det takplankorna över mig? På väggarna hänger ramar med urblekta fotografier, jag kan inte ens se vem de föreställer. En kort korridor leder från vardagsrummet till stugans andra ände; till vänster är en stängd dörr till vad som måste vara sovrummet, till höger är köket följt av en smal och ranglig trappa. Det finns fortfarande ingen rimlig anledning att gå upp på vinden. Direkt efter trappan är ytterligare en dörr, en köksingång, äntligen ett slut på vansinnet. Det kalla, slitna handtaget knarrar högt när jag trycker ner det. Jag drar bestämt i dörren, som måste ha svällt av fukt; motståndet är inte helt stumt men dörren sitter absolut fast. Jag ska ut härifrån, sedan ska jag föreslå för pappa att huset rivs. Dörren sviktar långsamt, en millimeter i taget, nästan som att någon håller emot på andra sidan, jag drar hårdare och dörren verkar börja släppa karmen. Knarrandet blir till samma slafsiga ljud som vid fönstret, som när man styckar en slaktad kyckling. Det är störande, mycket störande, huset måste ha allvarliga råttproblem. Jag ger dörrhandtaget ett sista ryck, ser framför mig hur dörren går upp och jag kommer ut ur galenskapen, men istället står jag kvar framför den stängda dörren hållandes i det lösgjorda handtaget. Min kropp blir kall, taklampan blinkar med ett knastrande ljud. Jag stirrar på det slitna mässingshandtaget och ser något som får mitt hjärta att sjunka till magen. Blod. Jag ser helt tydligt att det är blod, på den delen av handtaget som satt i dörren. Det smakar metall i munnen, i ögonvrån ser jag hur något mörkt rinner ur hålet där handtaget satt. Jag tar mig för munnen, vet inte om jag ska spy eller skrika, vänder mig om i panik för att återigen se den tomma väggen där ytterdörren borde sitta. Lukten av mögel blir starkare, jag stapplar ett steg bakåt och det blodiga dörrhandtaget faller till golvet. Det skrapar från taket igen, starkare, låter som små steg fast ändå inte. Jag vill verkligen inte gå upp på vinden, men snart har jag slut på alternativ. Det måste finnas ett fönster någonstans som går att öppna, om det så är på övervåningen. Jag rör inte den där dörren igen, på samma sätt som jag inte rör det förspikade fönstret igen. Sovrummet. Den stängda dörren till vänster, där måste det finnas fönster. Jag fryser för en sekund, stirrar på sovrummets dörrhandtag och vet inte alls vad jag ska vänta mig. Jag trycker ner handtaget utan att tänka och möts av inget motstånd alls, handtaget lossnar men inte alls på samma sätt som den andra dörren. Det slitna mässingshandtaget sjunker rakt igenom träet, gör ett stort hål i den murkna dörren och jag tappar nästan balansen. Lukten av våt skog blir starkare allt eftersom dörren faller sönder framför mig, jag försöker skjuta upp dörren men jag kliver snarare igenom den. Det blir mörkt igen, varken fönster eller ljuskällor finns i sovrummet och ljuset från det stora rummet tar sig bara in någon meter. Ingenting finns att hämta i det här förruttnade sovrummet. Jag vänder mig om för att fortsätta, men stelnar mitt i steget av ljudet inifrån rummet. *"...ag...äääär..."* Nej, det där finns inte, det är vinden eller vad fan som helst. *"...booooo....äär..."* Jag kommer ingenstans, ljudet blir till tydligare viskningar. Jag vill inte veta, jag vill inte veta. Jag blinkar hårt, fortsätter steget mot köket men hindras av något mycket värre än min egen rädsla, värre än ljuden och allt annat som är fel med stugan. Ett ryck i benet och en tryckande smärta runt fotleden, jag tittar ner av reflex och ser en hand hålla ett fast grepp om min fot. Handen är inte normal; den har fel form, fel färg och fel slags styrka för att se så benig ut. *"...booo...häär..."*, fortsätter rösten, som jag motvilligt inser tillhöra vad handen än sitter fast i. *"Jaaag booor häääär!"* Rösten skär i öronen och greppet svider om benet. *"Boo häääär!"* Jag skriker och sparkar in i mörkret, träffar något mjukt jag inte kan se. Handen släpper motvilligt taget och de knotiga fingrarna river runt fotleden. *"Jag bor här, jag bor här, jagborhärjagborhärjag..."* Jag backar tillbaka till vardagsrummet, "en snabb titt" åt helvete! Jag drar jackärmen över min svettiga panna, spanar över rummet och ser att dörren fortfarande är borta, men det är inte det enda. Soffan är borta och hela den beiga trasmattan ligger blottad på det gamla trägolvet. Kråkan flyger in i fönstret, kraxar skrattande. Något verkar springa omkring på övervåningen. *"...jag bor här, jag bor här"*. Jag går närmare mattan, mest för att komma bort ifrån sovrummet. Jag stirrar på det mörka handavtrycket jag såg tidigare, undrar om det kan ha gjorts från det där i sovrummet. Jag ser mig omkring i rummet, letar efter något sätt att komma härifrån, vad som helst. Hur försvann dörren, varför? Kallsvetten rinner längs nacken, jag vill bara vakna upp, måste ha somnat i bilen innan jag gick in. Ja, så måste det vara, det här kan inte... Jag blir smärtsamt medveten om precis hur verkligt alltihop är, när jag ser trasmattan röra sig. Sakta lyfts den upp, jag ser vaga konturer i mitten av tyget. En näsa, en haka, två händer. Det är någon under mattan, eller något. *"Jag bor häär!"* Jag vet inte längre om rösten kommer från sovrummet eller mattan, lukten av mögel börjar skifta till härsket kött och vad som än är under mattan verkar sätta sig upp. Jag vill inte. Vill inte se, vill inte veta. Jag ser bara en väg men bryr mig inte längre, jag snubblar bakåt förbi den söndersmulade sovrumsdörren, rusar igenom köket och fram till trappan som jag lovat mig själv att aldrig använda. Upp, måste upp, spelar ingen roll längre. Ett väsande skratt sipprar ut från sovrummet och jag skyndar mig upp för trappan, ett steg i taget, två steg i taget. Det mörka gamla träet knarrar och knakar under mina fötter. För varje steg jag tar kryper väggarna närmare och trappan blir brantare, det kan inte vara på riktigt, naturligtvis är det inte på riktigt. Jag andas tungt och häftigt, av både ansträngning och ren fruktan. Det blir mörkare och mörkare, som om jag klättrar uppför en skorsten. Det skrapande ljudet kommer närmare och till slut möts jag av en öppning i taket; jag tar ett sista steg upp och står återigen på trägolv, men det är mörkare här än när jag kom in i stugan från början. Vinddraget blandas med det vaga ylandet från varelsen nere i sovrummet, jag tar ett djupt andetag och ett par steg in i skuggorna. Vinden drar hårdare och jag hör de små stegen igen, framför mig, bakom mig. Jag håller andan, känns som att mitt hjärta ska stanna. Kråkan skriker igen, sedan blir allting tyst och jag andas ut. Innan jag hinner ta nästa steg känner jag det, hör jag det. En skärande smärta i vaden, små snabba klickande steg, ett väsande skratt som låter mer och mer bekant. Svett rinner längs ryggen, blod längs benet. "Kom fram då," skriker jag i mörkret, "visa dig, visa dig!" Jag haltar framåt, förblindad av smärta, skräck och ilska. Samma sak händer igen, fast i andra vaden och jag faller ner på knä. Jag hör ett surrande ljud från taket och ser små glödande fläckar; lamporna blinkar högljutt innan det fasta skenet lyser upp övervåningen, jag vänder mig åt alla håll och hör mitt hjärta slå alldeles för fort. Vindsvåningen är knappt möblerad alls; bara några stolar och ett par flyttlådor vid ena väggen, vad som än just rev mig kan inte gömma sig länge till. Men jag vill ju inte veta vad det är, jag vill bara ut härifrån. Ett litet fönster skallrar av vinden utifrån, säkert för trångt men jag måste försöka. På väg mot fönstret går jag förbi flyttlådorna och hör det igen, de hemska ljuden jag hört sedan jag klev in där nere. Väsande skratt, trasiga skrik, snabba knackningar mot golvet. Det är där, vad som än gjort ljuden finns bakom lådorna. Jag mår illa, svettas mer och tvekar för ett ögonblick. Gå förbi, eller se efter? Jag behöver inte välja; den översta lådan rör sig, faller tillsammans med de andra. Gamla kläder faller ur lådorna och jag känner igen den gröna skjortan som farfar brukade ha på sig, men min blick dras snabbt till väggen bakom lådorna. Min hjärna kan knappt tolka vad jag ser; en enda fruktansvärd röra av blod, kött, trä, päls, mögel och ben. Två varelser stirrar på mig med vitgula ögon, fräser så blod stänker från de gapande käftarna. Den ena skrapar i trägolvet med alldeles för långa klor och jag känner hur såren i vaderna dunkar. Pälsen saknas på flera ställen så det stinkande köttet blottas, bakbenen och svansen är nästan bara skelett. Den andra katten ser jag bara främre hälften av, helt utan päls och hud. Jag undrar förtvivlat hur den kan ha fastnat i väggen tills jag förstår det jag inte vill förstå. Väggen pulserar som en muskel, jag tänker på det förspikade fönstret och den blödande dörren. Kattens kött och väggens trä möts i mitten, trasiga plankor och utstickande benbitar skär igenom varandra. Katterna levde hela sina liv här, men det var längesedan. De har alltid varit här och kommer alltid vara här, som en del av stugan. Mitt hjärta stannar, jag vänder mig om för att springa men blir långsam som i en mardröm. Jag hör vassa tassar springa efter mig, väsande skrik jagar mig. Ljudet av kött som slits itu följt av en våt duns mot golvet får mig att springa på riktigt; jag minns Sixten och Smulan från somrarna när jag var liten, hur jag brukade klappa dem när vi låg i gräset. Nu jagar de mig för livet, efter att ha varit döda i många år. Jag kastar en snabb blick bakåt, ser de små vanställda monstren som lämnar blodiga tassavtryck efter sig. Inte på riktigt, inte på riktigt, det kan fan inte vara på riktigt! Golvet försvinner under mig, smärtan från trappstegen jag faller mot är absolut på riktigt. Jag kan inte skilja upp från ner; huvudet, armarna, ryggen, allt gör ont. Jag faller ihop vid det nedersta trappsteget, högst upp ser jag de hemska varelserna som förut var katter. De fräser högre, låter nästan som mänskliga skrik. Av någon anledning kan de inte ta sig ner från vinden, jag tänker inte stanna för att ta reda på varför. Jag stapplar upp, känner hela kroppen värka. Till vänster ser jag bakdörren, handtaget sitter fast igen och dörrens färg har ändrats till något som påminner om hud. Jag haltar förbi, fort, fort. Jag ska bryta upp fönstret, göra hål i väggen, vad fan som helst för att komma härifrån. *"Jaag bor häääär!"* Figuren från sovrummet kravlar ut i ljuset, hugger efter mig med de döda händerna. Jag hinner precis hoppa undan, trycker mig mot väggen, ser något blänka till på den hemska, taniga armen. Farmor var alltid så stolt över sina smycken, framför allt armbandet i silver som farfar gav henne på deras trettionde bröllopsdag. *"Bor här...booor häääääär!"* Den mänskliga figuren kravlar fram; min andning stannar och jag haltar smärtsamt vidare, väntar inte på att varelsen ska lyfta huvudet och visa ansiktet, om det ens finns kvar. I det stora rummet knakar alla väggar och hela stugan verkar röra på sig, i mitten sitter trasmattan som en hög och det ljusa tyget har fått flera röda fläckar. Den reser sig upp, vad som än är under mattan reser sig upp och vänder sig mot mig. Jag faller bakåt, sitter på golvet. Jag stirrar på mattan och kan verkligen inte röra mig. Det är slut nu, en snabb titt i den vansinniga stugan har blivit det sista jag någonsin gjort. Figuren framför mig stapplar framåt och sträcker ut sina armar mot mig, sliter loss ena foten från benet som blir fastvuxen kvar i trägolvet. Jag flyr mot dörren som inte finns, helt slut på idéer. I ögonvrån ser jag hur trasmattan faller till golvet, hör slafsiga steg komma närmare. Något tar tag om min axel, vänder mig om med en kraft som jag känner i hela min värkande kropp. Ansiktet jag möts av är bekant, men ändå inte. Huden är trasig, ögonen gula och halva näsan saknas, han har samma kläder som jag sist såg honom i. Pappa öppnar munnen och försöker säga något, men det kommer bara ett gurglande läte som obehagligt nog påminner om *"Jag bor här"*. Nej, jag vill inte bo här, jag vill inte bo här! Jag slår bort den döda handen från min axel och stirrar galet mot det igenspikade fönstret, jag måste ut, jag måste... Allting blir tyst och stilla, som att hela situationen stängts av med en knapp. Jag hör kråkan igen, men det låter också som steg, tunga steg som kommer närmare stugan. Handtaget trycks långsamt ner på dörren som om den aldrig varit borta, den går upp med ett utdraget knarrande och de tunga stegen kliver in.

"Farfar?"

39

Tomten

Den isande midvinternatten vet allt, ser allt, minns allt. Ser alla som någonsin bott under stjärnorna, hör alla som någonsin satt sina spår i den vita lysande snön. Snön som täcker allt; skogens alla träd, människornas hus, delar av den gamla världen liksom den nya. I den gamla världen var allting bekant och i ordning; snön låg på samma tak som alltid, skogens träd stod stolta och höga där de alltid stått, människorna gjorde vad de gjorde och vad de behövde. Men världen har förändrats. Midvinternatten är kall som alltid, stjärnorna gnistrar som de alltid gjort, månen går samma väg som den alltid gått. Men människorna har förändrats, människorna har glömt, gått vidare en annan väg än den de alltid gått. Den gamla ordningen har inte setts till på länge. I sina gårdar sover människorna om midnatten, gårdar som inte är lika ensliga som förr. Midvinternatten ser människorna, de glimmande stjärnorna ser människorna, den vandrande månen ser människorna, tallen och granen ser människorna. Men de är inte de enda som ser. När människorna sover djupt under midnattstimmen är någon annan vaken, någon som sett människorna under många vintrar, nästan lika länge som månen. Tomten är vaken, tomten ser människorna som han gjort under många vintrar. Tomten ser människorna och tänker på den gamla tiden när de gick att lita på, när folket gjorde sitt och kände sin tomte. Likt en ensam skugga står tomten vid snötäckt tall och gran, där han på avstånd betraktar människorna där de sover i gård och hus.

Tomten står stilla vid en snödriva, betraktar den vita månen som kastar sin grå skugga över honom. Månen som alltid varit densamma, månen som tomten alltid sett och följt. Tomten tänker och grubblar på människorna, som levt att glömma honom, månen och den riktiga kylan midvinternatten kan bjuda, som så många vintrar förr i den gamla tiden. Sakta vandrar tomten från skuggan vid sin driva, sakta rör han sig från tall och gran mot gård och hus. Med en hand ständigt vid det vida, långa skägget tänker tomten på alla människor han sett och haft, alla sysslor han skött åt dem. Människan lever så länge som människan gör, tomten lever att se dem komma och gå, det ena livet efter det andra. Tomten minns, men ändå inte. Minns alla sysslor, allt arbete, allt det goda han gjort åt människofolket. Minns tacksamheten han fått åter från dem. Men tomten minns inte hur många år, hur många åldrar som gått sedan den gamla tiden. Minns inte när människorna sist talade om honom, när de sist värnade hans samarbete. Minns inte smaken av den söta gröten, minns inte hur han såg ut på den sista teckningen de små gjorde till hans ära. Tomten kliver sakta närmare, steg för steg i den stjärnglimmande snön. För varje steg blir hans grubblande större, hans ögon smalare, hans inte mer fyllt av skugga. En glömd tomte är ingen tomte. En tomte utan sysslor är ingen tomte. Grubblandet har blivit en gåta att lösa, där tomten står allt närmare folket som sover under midvinternatten.

Tomten sluter sina skarpa ögon, i snön dold av midvintermörkret och tänker. Tänker på pysslet och sysslorna han en gång gjorde åt de andra människorna. Alla de andra människorna han sett komma och gå i sitt långa tomteliv, de som trodde på honom, de som litade på tomtens sysslor fastän de aldrig sett någon tomte i hus och gård. Tomten minns en grå ladugårdsdörr, som han så ofta smugit in igenom så tyst att ingen människa märkt honom. Men de andra vännerna märkte honom alltid, såg honom alltid. Häst, lamm, får och hund såg honom alltid och de glimmade som stjärnorna när de åter såg sin tomte. Bakom de slutna ögonen ser tomten en gård med hus, ladugård, visthusbod och redskapsbod. Snön ligger vit på alla taken, månen vandrar och stjärnorna gnistrar, inte ett ljus är tänt. Tomten känner gården, men vet inte vilken den är. En av många gårdar, eller alla de många tillsammans. Tomten sluter ögonen allt hårdare, skakar på huvudet åt det dunkla minnet, medan hans frusna andetag blir allt snabbare. Tomten fortsätter minnas, hur han varje natt vakade över gården, gick från dörr till dörr och kände på de många låsen. Tomten ville sina människor väl, vakade över dem, såg till att de sov säkra. Det hände både en gång och flera att husbondfolket glömt ett och annat lås, det blev en av tomtens sysslor. Tomten visste hur låsen skulle tas, utan nyckel kunde han lätt få dem reglade och stängda. Tomten kan saker som människor inte kan. Bakom ladugårdsdörren såg tomten till de vänner som alltid kunde se honom. Till hästen gick tomten för att ge något gott han sällan fick; ur fickan drog tomten fram en näve klöver, åt vilken hästen frustade förnöjt. Tomten visste hur klövern hålls grön och doftande till och med i midvinternatten. Till lammen och fåren gick tomten för att se till deras stängsel, han såg till att det stod starkt för fårens skydd. Det hände att stängslet stod svagt, eller brustit på några ställen, men utan verktyg kunde tomten lätt ordna det helt och starkt igen. Att se till häst, lamm och får blev en av tomtens sysslor. Tomten gick sedan till de som inte såg honom, till de människor han sysslat åt och vakat över. Tyst som alltid smög han in i gårdens kammare, han kunde lätt ta sig över vart golv utan det minsta knarrandet. In genom springan i den stora sovrumsdörren kastade tomten ett öga åt herrn och frun, såg till att inget störde dem eller deras sömn. Tomten behövde inget ljus, ingen lykta för att se i nattens mörker. Tomten kände en stor lättnad var gång han såg husbondfolket sova tryggt, för den kommande dagen fick han åter syssla och pyssla för deras gård. Från det stora sovrummet gick tomten vidare i huset, till kammaren där de söta små hade sitt fäste. Tyst som alltid smög tomten ända in i rummet och fram till de små, där de sov så gott i sina sängar. Tomtens största lycka var att se de små, veta att de tryggt skulle slumra som barn i många år, för att sedan bli till nästa släkte för tomten att syssla och pyssla åt. Genom de smås sovkammarfönster gnistrade stjärnorna vakande, i den kylande midvinternatten. Att se till husbondfolket, stora och små, blev en av tomtens sysslor Till sist kom tomten att träffa hunden, den som liksom han själv hade att vaka över gårdens människofolk. Tomten och hunden kände varandra bäst, de var de godaste vänner och hundens svans viftade stort när han såg sin tomte. Tomten gick alltid fram för att hälsa på sin hund, tyst som alltid. Hunden var lika tyst, för han visste att människorna inte skulle se hans tomte. En god stund satt de tillsammans, nöjda med sin vänskap, nöjda att båda få tjäna gårdens människor. Att ha hunden till sin gode vän blev en av tomtens sysslor. Lika tyst som han kommit in smög tomten åter ut ur huset, vandrade genom snön mot ladans loft där han dolt från människorna hade sitt bo. Tomten blickade tillbaka till huset, log nöjt åt att veta att alla sysslor var gjorda.

Tomtens smala ögon öppnas på nytt. Han ser ingen gård, ingen lada, inget loft, inget från den gamla tiden. En bit bort ser tomten en stor väg, större och svartare än vad vägarna var förr. På andra sidan vägen ser tomten hus som liknar husen från förr, men det är mycket som inte stämmer. Aldrig förr stod husen så nära varandra, förr fanns där ett hus för varje gård, och från varje gård gick det inte att se nästa. Förr syntes gårdens åker så stor som ladan, vid de nya husen syns bara lite grönt längst fram, inte större än att tomten kunde ta sig mellan var sida på tio steg. Tomten knyter händerna i de stickade vantarna och känner sin skugga växa sig allt större. Tomten tänker vidare på sin gåta, människofolket är hans gåta. Människorna som lärt sig att glömma honom, människorna som slutat bo i gård, människorna som inte längre behöver någon tomte. Ett steg i taget kommer tomten allt närmare de nya husen. Under stövlarna knarrar midvintersnön som förr, såsom tomten minns. Men tomtens skugga blir allt större, de gamla minnena allt mindre, gåtan allt svårare att lösa. Människorna från förr glömde aldrig sin tomte, människorna från förr behövde alltid sin tomte. Utan tomten skulle gården drabbas av olycka; lås skulle gå upp, djuren skulle ge sig av, råttorna skulle ta all mat i visthusboden, röta skulle drabba husets väggar. Men olyckan kom aldrig, för människorna kom ihåg. Bakom de skarpa ögonen sprider sig tomtens skugga, medan han börjar närma sig slutet på gåtan. Utan tomten, ingen människa. Snön slutar knarra under tomtens stövlar, den svarta vägen är hård som is under hans fötter och i de stickade vantarna kramas tomtens händer vita. Olyckan kom aldrig. Utan tomten, ingen människa. Bakom den svarta vägen är de nya husen mörka, alla sova i hus efter hus. Tomtens steg hörs inte, tomten syns inte, skuggan blir allt större. Tomten stannar för en stund, vänder sig om och tittar tillbaka till snön. Framför sina ögon ser tomten minnet av den gamla gården försvinna likt dimma om morgonen. Hunden, fåren, hästen, ladan, loftet, allt är borta. Borta. Den gamla tiden är borta och kommer aldrig mer, den nya tiden är nu och kommer aldrig ta slut. Hastigt vänder tomten tillbaka mot de nya husen och ser ett ljus tändas. Ett av många fönster lyser upp och visar tomten bilden av en av de nya människorna. De nya människorna som inte kommer ihåg honom, de nya människorna som inte behöver honom. Olyckan kom aldrig. Utan tomten, ingen människa. Ljuset i människans fönster släcks lika fort som det tändes, men tomtens skugga är allt mörkare än huset, mörkare än den svarta vägen under hans fötter. Tomtens ögon blir stora och fyllda med skugga. Gåtan är löst. Gåtan om människorna han så länge grubblat på är löst. Tomten kan inte ändra den nya tiden åter till gammal, men tomten kan få de nya människorna att minnas, tomten kan lära de nya människorna att aldrig mer glömma sin tomte. Utan tomten, ingen människa, den nya tiden ska bli tomtens tid. Med tunga steg fyllda av skugga närmar sig tomten ljudlöst det nya huset och människorna som glömt honom. Den låsta grinden går upp av tomtens steg och den svarta vägen blir till frostigt gräs under hans stövlar. Den gräsbeklädda uteplatsen är ännu mindre än när tomten såg den från långt håll, ett hån mot de vida gårdarna från förr. Tomten stannar för en stund, släpper ut ett långt, isande andetag och låter sina svarta ögon fara över platsen. En bit ifrån hans fötter ligger något som är bekant, men ändå inte. Det påminner om kälkar, men inga kälkar tomten sett förr. Karvade i ett enda stycke av vad som varken är trä, sten eller stål, i färger som inte hör till naturen. Mer och mer vred tar tomten tag i de nya människornas saker, som han med lätthet kastar högst upp på taket till det nya huset. Ingen kommer någonsin använda dem igen. Längre fram ser tomten något mycket större intill husets vägg, något täckt av ett enormt, tjockt skynke. Det tillhör de nya människorna och tomten kan känna på lukten att det tillhör den nya tiden, inte den gamla. Med en lätt beröring får tomten det tjocka skynket att falla isär som halm mot det isande gräset. Under skynket ser tomten något som är bekant, men ändå inte. Det påminner om en cykel, men ingen cykel tomten sett förr. Stor som en kalv och med hjul breda som tomtens båda ben, styre som tjurens största horn och sadel som den till en häst. Tomten känner den lukta starkt av gifter från jordens inre, han kramar händerna allt hårdare och stirrar ont med sin svarta syn. Är det här vad de nya människorna tänker på? Tomten glöms bort, förlorad för främmande saker som inte bringar någon riktig nytta. Allt är fel, människornas fel. På den gamla tiden fungerade allt; människorna hade vad de behövde för att sköta hus och gård, människorna hade sin plats och tomten hade sin. Och nu? Onaturliga påhitt och en bortglömd tomte, som de nya människorna inbillar sig saknar plats och värde. Tomten stryker sitt stora skägg i vredesmod och sätter en hand mitt på den främmande maskinen framför honom. Tomten känner svärtan i hans inre växa för varje andetag, känner hur den kryper genom hans kropp och ut i fingrarna, genom fingerspetsarna in i det iskalla hjärtat av maskinen framför honom som hastigt kommit att förkroppsliga allt det onda som de nya människorna är. Metall knakar, små delar knäcks och faller ut i snön. Tomten tänker på gröten under trappan från den gamla tiden, hans vänner i ladan och gårdens människor som gjorde honom rätt. Med ett skarpt morrande från det mörka hjärtat släpper tomten taget och ser hur den ohyggliga maskinen faller isär, segnar ner på marken med ett klagoläte nästan likt ett levande kreatur vid slakt. Tomten är tillfreds med förintelsen av det nya, det nya som tagit människornas uppmärksamhet från tomten och den gamla tiden. Men det svarta i hans inre är kvar, växer för varje isande andetag i midvinternatten. Det har blivit dags att besöka människorna, dags för dem att stå till svars, dags för dem att bli ett med lösningen av tomtens gåta. De måste minnas, utan tomten, ingen människa. Ett krafsande ljud hörs vid husets kant när tomten tyst närmar sig ytterdörren, någonting har sett tomten och små glittrande ögon möter hans svarta syn. Alla djur i hus och gård har varit tomtens vänner sedan den gamla tiden, alla djur har fått sig en plats hos människorna och alla har de fått ta vad de behövt utan att människorna lidit skada. Men tomten börjar glömma, sakta glömma hur den gamla tiden fungerade, förblindad av den nya tidens påhitt och de nya människornas fördärv. Råttan vid husets kant känner sin tomte, men ser det svarta växa i hans inre och förstår att inte heller tomten är som förr. Tomten vill inte råttan något ont, men inte heller något gott. Lika snabbt som råttan mött tomtens blick springer hon ifrån honom, till husets yttersta kant där de glittrande ögonen slocknar och försvinner. Tomten har inget att säga till råttan, han är redan vid husets dörr på väg in till de nya människorna som måste minnas det gamla. Tomten sätter en hand på dörrens handtag och stirrar på låset; det liknar inget lås som tomten sett förr och han tvingas stirra en lång stund innan han förstår, tomten förstår på ett sätt som ingen människa kan. Tomten sätter sitt finger mot det smala låset och trycker sakta ner dörrhandtaget, med lätthet lyckas han öppna dörren och det går lika ljudlöst som på den gamla tiden. För en kort stund står tomten kvar i dörröppningen till det nya huset, den svarta skuggan sträcker sig från hans inre och täcker väggen framför honom. Tomten skakar på huvudet och bilder från den gamla tiden visar sig åter för hans inre; de goda människorna, de goda vännerna, sysslorna som blev hans stolthet. Hur kan den gamla tiden komma åter till människorna? Hur kan det åter bli som förr, när människa, djur och tomte gjorde gott åt varandra? Ett dovt klickande från ytterdörren som går igen bakom tomtens rygg väcker honom ur tankarna, och allt han ser är sin egen skugga. Tomten ser sig om i det mörka huset, söker efter svar på gåtan även fast han redan vet vad som måste göras. Människorna måste minnas, människorna måste förstå. Utan tomte, ingen människa. Tyst som alltid smyger tomten genom de nya människornas hus, söker efter dem som glömt honom. Allt är tyst, alla sova djupt under midnattstimman. Tomtens skarpa ögon vandrar över husets insida; han kan se rummet där husbondfolket sover, han kan se kammaren där de små har sitt fäste. Tomten har aldrig förr visat sig för människorna, men han måste få dem att förstå, han måste få dem att minnas. Tomten hör ett dovt andetag bakom sig, det är bekant men ändå inte. Fast i ett gammalt minne lyssnar tomten stilla, känner doften av hö och värmen av tryggt sällskap. Skuggan minskar, tomten vänder sig sakta om. Har den gode vännen väntat på honom sedan den gamla tiden? En svans viftar, öron spetsas till, han ser honom. Hunden ser tomten. Tomten närmar sig sin gamle vän, sträcker ut en hand som alltid i den gamla tiden. De dova andetagen blir hastigare, svansen stannar och ögonen förändras. Hundens ögon förändras. Tomten fortsätter försiktigt framåt med sin utsträckta hand och för ett ögonblick har han glömt bort den nya tidens fördärvande förändring. Ett ögonblick som avbryts av ett skall. Och ännu ett. Och ännu ett. Tomten står som fastfrusen i det mörka huset och stirrar på vad han trott var hans gamle vän, hör hur skall blir till fientligt morrande, ser spetsiga öron försvinna längs huvudet. Den svarta hunden, större än vad tomten är hög skäller och morrar om vartannat åt honom, gör sig redo till anfall. Anfall. Anfalla tomten. Nej, detta är inte rätt, detta är inte tomtens vän. De nya människorna har nya hundar, nya hundar som lärt sig av sina människor att glömma tomten för att enbart se fientlighet hos det som är främmande. Människorna måste lära sig, måste förstå, utan tomten ingen människa. Skuggan har åter hittat sitt fäste i tomtens inre och blind av det svarta tar tomten långsamma steg framåt, mot det han trott var en gammal vän. Här i det nya finns inga gamla vänner, här i det nya måste alla lära sig att förstå hur det en gång varit och måste åter bli. Skallen blir högre, morrandet blir högre, något skramlar från människornas sovkammare. De har hört honom. De nya människorna har hört tomten. I den gamla tiden hade det aldrig fått hända, men i den nya tiden måste människorna lära sig att förstå det gamla. Hunden hör sin människa, skäller på nytt och kastar sig framåt mot tomten, mot främlingen. Tomten ser sin främling med sin svarta syn, det är nog nu, även hunden är fördärvad. Med stor kraft far hunden förbi tomten, snubblar och hamnar halvt liggande på golvet. Det farliga morrandet har blivit till förskräckt gnällande och med darrande ben vänder sig hunden att åter möta tomten. I sin ena hand kramar tomten ett av de spetsiga öronen, som han med lätthet rivit av från hundens hjässa. Trots midvinternattens mörker syns det röda blodet samlas vid tomtens fötter, vid hundens tassar. Hunden är långt ifrån färdig med att ta hand om sin inkräktare och rusar på nytt mot tomten, som står fast kvar med de svarta ögonen fästa på främlingen. Enorma käkar hugger mot tomtens hals, men han håller sig med lätthet undan. De stickade vantarna, en gång vita, nu röda åker av och blottar tunna gråa händer. Händer som knuffar undan det enorma djuret, händer som greppar tag i svansen som just hälsat honom välkommen. Hunden kämpar för att vända sig om, för att sätta sina vassa tänder omkring tomtens huvud men tomten hinner före. Svart i synen och med tankarna i den gamla tiden gör tomten ett kraftigt ryck bakom den kämpande hunden, som skriker sig fördärvad av ilska och smärta. En lampa tänds i kammaren, människan har hört sin hund och tomten hör hans steg. Människan ropar ett namn, hundens namn men hunden hör inte, tomten hör inte. Tomtens skugga växer sig större över husets vägg som blivit klätt med många små mörka fläckar. Pölen av blod är större än hundens skugga och hans ben darrar, han stöter ut ett skall av fruktan när tomten kastar den avslitna svansen framför hans tassar. Det är människornas fel, de har fördärvat sin hund att glömma tomten och den gamla tiden. Hunden haltar fram mot tomten, halkar i det röda våta under honom. Hunden gör ett nytt försök att bekämpa inkräktaren, försvara sina människor men det är för sent. Det är för sent att ge hunden räddning från den nya tidens förbannelse. Käftarna med vassa tänder sträcks så vida som hunden förmår och han vill inget hellre än att med sina sista krafter ge tomten smärta och lidande åter. Tre steg kvar. Två steg, ett steg. Sängkammardörren går upp i rätt tid för människan att se och förstå, tomten kan med lätthet se på människan att han både ser och förstår. Två gråa tomtehänder, två svarta hundkäftar. Han är för svag, han har svikit sin människa och de båda vännerna möter sina blickar i samma stund som hundens huvud klyvs i två delar på längden. De stora käftarna möts inte längre, svansen viftar inte längre, skallet har tystnat för alltid. Tomtens gråa händer är röda, liksom stora delar av skägg och ansikte. Tomtens svarta blick möter människans ögon, ögon som inte vet vad de ser, inte förstår vad de ser. Men människan måste förstå, utan tomten ingen människa. Hunden har nu förstått och turen har kommit till människan. Han vill skrika, varna sina andra människor men det djupa mörkret i tomtens ögon hindrar människans röst att komma fram. Utan att släppa människan med blicken kastar tomten ifrån sig de våta styckena av ben och päls; aldrig förr har tomten stått öga mot öga med människan, men aldrig förr har behovet funnits. De måste förstå, inse alla fel de gjort, se hur den gamla tiden måste återvända. Människan backar med vacklande steg, rör sig tillbaka till kammaren där hans vän vilar ensligt. Hans svaga röst kryper fram, viskar hundens namn, viskar vännens namn, tomten följer honom med ljudlösa steg genom havet av kött och blod som nyss var något levande. Människan fortsätter med något högre röst, säger återigen ett namn som tomten aldrig kommer lägga på minnet. Deras namn saknar betydelse nu, dessa människor finns bara här för att lösa tomtens gåta. Människan stirrar vansinnigt på tomten, glömmer bort att andas. Han halkar i det våta på golvet som nyss var hans trogne vän, söker med ena armen efter stöd som inte finns på riktigt. Benen viker sig och människan hamnar på rygg bara något steg från kammaren, där tomten hör svaga ljud av rörelse. Människan ser att tomten hör och han måste skydda de sina i huset men benen lyder inte, rösten lyder inte, hundblodet är fortfarande en aning varmt under människans händer och den vansinniga skräcken gör hans kläder våta. Tomten hör nya viskningar från kammaren och människan framför honom tar sats med rösten för att skrika en varning, men han hinner inte skrika, tomten låter honom inte hinna. Tomtens ögon är djupa och tomma av mörker, hans skugga är ett med husets insida och de gråa händerna har vuxit längre liksom nyslipade knivar. Människan ska lösa tomtens gåta, utan tomten, ingen människa. En vass tomtehand rusar in i människans mun, stoppar hans skrik för alltid. Aldrig mer ska han berätta lögner och falska sagor, aldrig mer ska han tala illa om sin tomte. Den andra skarpa handen kryper sakta vid den övre delen av människans ansikte, tomten lutar sig fram så det blodiga skägget rör vid honom; tomten ska bli det sista människan ser innan han tystnar för alltid. Likt den hungriga vargen i skogen river tomtens båda händer över människans huvud, för att tysta talet som spridit lögner och släcka ögon som inte velat se. Den skräckslagne människan sprattlar likt en fisk på land och gurglar som renen när den drunknar i älven; på knappt ett ögonblick är människans hela kropp täckt av blod nästan lika svart som tomtens skugga, oförmögen att skrika, oförmögen att se. Resterna av människans ögon och tunga kastar han som en snöboll av kött mot sovkammardörren, mot den andra människan som också måste se och förstå. Stövlarna lämnar mörkröda avtryck genom det nya huset, vars inre täcks helt av skuggans vansinne. Tomten har bara kvar ögon för det svarta, gåtans lösning och stirrar mot nästa dörr; dörren längst in i huset som döljer de små i sin kammare. De måste förstå, alla människor måste förstå. Ingen ska hindra den gamla tidens återkomst. Bakom tomten tystnar sakta ljudet av den första människan där han drunknar i sitt eget blod, gråa händer som blivit röda trycker ljudlöst upp den sista dörren. Månen lyser upp barnens kammare, strålar över de små så stilla i sina sängar. På fem steg står tomten vid deras sängar; två små, en bror och en syster. Två små, som måste förstå hur gåtan ska lösas. De röda händerna höjs i tomtens skugga, men fryser fast i månens blåa sken. För en stund, bara en kort stund, lyser månens ljus igenom de svarta ögonen och tomten minns. Tomten minns den gamla tiden när han stolt skötte sina sysslor i hus och gård, när de små var hans största lycka. Kanske gåtan har en annan lösning? De små har lärt av fadern och modern, lärt sig att glömma tomten och allt som hör till den gamla tiden. Men de små kan läras på nytt, de små kan förstå och växa upp att lära sina egna, berätta om tomtens gåta och hur den gamla tiden inte kan glömmas. Händerna sänks igen, nattens mörker döljer åter de små då månen vandrat bakom himlens moln. Ett skrik, mer isande än själva midvintern rusar genom huset, ett skrik som måste tystas, skriket från modern som funnit den drunknade fadern. Där återstår ännu en människa som måste tystas och tomten lämnar de små i sin kammare, med snabbare steg än han använt på mycket länge. De två små ska berätta om gåtan, men inga andra små får någonsin växa sig stora i detta nya hus. Modern ser fadern, ser hunden, hör tomten. Skriket stannar när hon fryser sig vit och stilla vid synen på tomten, som drar sin skarpa hand en sista gång, befläckar huset rött en sista gång. Människan kramar om sin mage, faller till golvet vid sidan av sina vänner och blandar sitt blod med deras, aldrig mer ska hon ge andra små åt världen.

Tomten stänger ljudlöst dörren och lämnar det nya huset bakom sig; skuggan och ögonens mörker har han lämnat kvar därinne och nu är det de små som måste fortsätta. Svaga röda spår lämnas knarrande i snön, tomten passerar den förintade maskinen och ser husets råtta en sista gång. Innan tomten åter klär sig i sina vantar sätter han en hand mot människornas staket, känner en hastig värme gå från huden till träet. Tre sammanfogade trianglar lämnas kvar, tomtens märke etsat för alltid till andra människor att beskåda. Tomten tittar upp i midnattshimlen där månen vandrar som den alltid gjort, känner snön under stövlarna kall som den alltid varit. Tomten lämnar människorna bakom sig, går för att hitta nya sysslor att pyssla. Vänd mot skogen tomten kommit ifrån ser han månen lysa över luvor, skägg och vantar och bakom honom lyser nya fönster i människornas alla hus.

Midvinternattens snö är röd,
stjärnorna allting förnimma.
Enslig gård har täckts av död,
i människans minnestimma.
Månen ser allt i denna natt,
skyddat människans minsta skatt,
tomten har löst sin gåta.
Ingen ska han förlåta.

Följande berättelse är början på en ny historia, som tar vid där *Blåljusens Främmande Baksida* slutar. En historia som fortsätter skildra Stockholmspolisens vardag där brott och ordningsstörning blandas med okända faror som inte kan förklaras, en vardag som aldrig kommer bli densamma som för den nya, unga polisen Andreas Wiklund.

"Du är säker nu..."

Radion brusar igen, flera röster svarar. En skugga blinkar till i ögonvrån. Kan vara vad som helst, kan också vara precis vad Andreas letar efter. Miranda heter hon. Stegen blir snabbare, röster i örat säger något vagt om 'bråttom' och 'många'. Andreas rundar ett hörn, skuggan framför honom verkar flyga fram och han är lättad av att kollegorna Peter och Helena är precis bakom mig. Andreas gör sig mekaniskt redo för vad som helst, känner tyngderna av den röda sprayburken, batongen och pistolen mot respektive höft. Andreas sneglar omkring framför sig och undrar om det inte är lite väl folktomt, något verkar hasa sig fram och han kikar snabbt mot nästa port på huset. Ingen där, men det ser ut som ett vagt stänk av blod längs väggen. Andreas hör det hasande ljudet bakom sig igen. Hjärtslagen känns i skallen när han vänder sig om, stirrar mot ingenting. Ingen där. Inte ens de som borde vara där. Helena och Peter, vart fan tog de vägen? Andreas hand letar sig automatiskt mot radion, han vill trycka på anropsknappen men avbryter mitt i nästa inandning när han kisar mot den stora eken ett par meter fram. En skugga vid stammen, hopkrupen och liten som ett barn. Andreas smyger fram, med handen fortfarande som förlamad vid radion på höger axel. Snart ska de få se.

"Miranda?" Den stressade aspiranten anstränger sig för att låta trygg och lugn, men rösten spricker på något sätt. Det hasande ljudet fortsätter, skuggan vaggar sakta och Andreas kan skymta ett litet ansikte bakom fallande mörkt hår. Han rör sig en aning åt sidan, det är inte längre en skugga utan en flicka och hon sitter med armarna om knäna och ser fullkomligt skräckslagen ut.

"Är han borta nu?" Miranda snyftar fram orden, blod syns på hennes kläder.

"Du är säker nu, jag ska hjälpa dig." Andreas ler så övertygande han kan och pekar mot polismärket på mössan. Flickan sträcker lite på sig och han andas ut, handen vid radion slappnar av. Andreas trycker på knappen och andas in, vet precis vad han ska säga.

"Det var inte meningen," snyftar Miranda fram, "snälla förlåt mig!" Andreas kommer av sig, andetaget fryser fast. Det hasande oljudet hörs tydligare när Miranda sakta öppnar munnen större. Andreas stirrar på saker han inte ser och känner tyngderna på höfterna, men det är ju skit samma, inget av det kan användas mot ett...barn. "Jag har varit så kall...och törstig." Flickan blir till en skugga igen, starkare än någon kollega Andreas någonsin tränat med. Han upprepar för sig själv i tanken att det här inte händer, ändå kan han tydligt se en onaturligt stor mun gapa mot sig och känna små fingrar bli till naglar mot nyckelbenen. "Det var mitt fel," väser skuggan som tydligen heter Miranda, "pappa var inte redo." En kall andedräkt drar mot Andreas hals innan tänderna kommer som glödande knivblad. Hjärnan skickar mängder med impulser. Upp, spring, radion, skrik, skjut. Musklerna lyder inte och Andreas slappnar av som in i ett mörker, kommer att tänka på den där gången när han var liten och nästan drunknade. En minut, två minuter, eller trettio under verklighetens yta, fast i ett öde tomrum där varken ljud eller ljus existerar och det enda som håller Andreas vaken är den brännande kylan som strålar från halsen och ner i bröstet.

Vaken, kall. Det har börjat regna igen när Andreas öppnar ögonen på riktigt, drar ett panikslaget andetag och får tag i radion med ena handen, pistolen med den andra. Flickan är borta, skuggan är borta, kollegorna finns fortfarande inte i närheten. Andreas reser sig på darrande ben, sväljer en klump illamående och inser att han är ett tiotal meter ifrån platsen där... Han skakar på huvudet; där vad hände, vafan ska han egentligen säga? Handen som inte krampar runt radion rör tveksamt vid nacken, känner upprivna hål och stora bitar hud som saknas. Det där hände inte, det bara hände inte. Pulsen ökar, hålen pulserar, huvudet snurrar och av någon anledning kan Andreas fortfarande inte släppa tanken på att visa sig duktig för sin instruktör. Han stapplar fram, håller hårdare i radion på axeln och känner regnet i ansiktet som att det spelas upp i halv hastighet. Andreas känner blodsmak i munnen, benen viker sig och Peter hinner precis fram för att hindra honom att slå i asfalten.

“Vad…?” Peter stirrar oroligt i Andreas ögon, håller i armen som att han kan falla ihop när som helst.

“Jag…”Andreas avbryter, tänker absolut inte berätta vad som faktiskt hände, “…tyckte jag såg flickan, sprang och snubblade in i ett träd.” Han känner sig larvig; hur trovärdigt låter det där? Han borde vara blodig över halva kroppen och få alla möjliga svåra frågor.

“Du ser förjävlig ut,” Peter flinar osäkert, släpper fortfarande inte Andreas arm. “Kanske hjärnskakning, och de där såren ser osköna ut. Vi avbryter för ikväll och ser till att du kommer tillbaka, så tar du en vilodag imorgon, okej?” Andreas känner snabbt på såren och tittar ner på sin kropp; nästan inget blod alls, bara litegrann utsmetat precis vid såren. Det blixtrar snabbt bakom ögonen, vafan var det som hände?

Andreas står i duschen i omklädningsrummet på Solna polisstation, vet knappt hur han kom dit, allt är som en gungande dimma. Det varma vattnet hjälper, men tankarna gnager sig kvar; Vad fan hände? Vart tog Miranda vägen, vart tog blodet vägen, kommer det här påverka hans bedömning negativt? Med en handduk om midjan går han in i det tomma omklädningsrummet och fram till spegeln, tittar sig själv i ögonen och stryker det blonda håret åt sidan.

“Det kommer bli bra, allt kommer bli br-” en ny blixt bakom ögonen avbryter Andreas och han kastar huvudet framåt ner i händerna. Smärtan försvinner lika snabbt som den kommit och blodsmaken i munnen återvänder. Han tittar upp igen och in i spegeln, ser ljus och färger runt honom förvrängas som i en dålig TV-mottagning. Han skakar på huvudet så det gör ont tills synen blir normal, tittar tillbaka i spegeln och tappar andan fullständigt. Han är inte ensam; bakom honom i spegeln skymtar Andreas en bekant, liten gestalt, täckt till hälften av svart, långt hår.

Mörkerskiftet - del 1

Det sista dagpasset

...

Contents

Preface

Introduction

This book explains why human resource strategy can bring organizational benefits. It will explain how reward strategy can bring what kinds of benefits to organizations. Reward management is nowadays considered as an important topic in order to achieve the goals of a company. Employees are considered as the main factor which plays an important role in the organisation. The success of each and every organisation is its dedicated employee's .Current world is filled with changes and competition. In order to survive in the current situation companies should be having employees who are loyal and expert in their own field. New technologies are developed constantly and the companies are eagerly trying to catch up those talented employees with right expertise in their own areas. So, fair award management can attract talented employees to choose the organization to work.

When the organization has good reward management, then it will bring good organizational developement, good learning and training , good performance mangement, good sourcing and staff, good employee engagement. In my this book, I shall explain how and why good reward management will bring all above these any one of human resource related issues to let readers to make accurate and reasonable analysis.

Prologue

Table Of Content

CHAPTER I

Reward management strategy

What is reward management strategy?

Reward management is concerned with the formulation and implementation of strategies and policies that aim to reward people fairly, equitably and consistently in accordance with their value to the organization. Reward management consists of analysing and controlling employee remuneration, compensation and all of the other benefits for the employees. Reward management aims to create and efficiently operate a reward structure for an organisation. Reward structure usually consists of pay policy and practices, salary and payroll administration, total reward, minimum wage, executive pay and team reward.

Reward is the generic term for the totality of financial and non-financial compensation or total remuneration paid to an employee in return for work or service rendered at work. Reward, which is sometimes been refer to as compensation or remuneration, is perhaps the most important contract term in every paid-employment. Its impact on workers (or employee's) performance is in most instance greatly misinterpreted. The understanding of this term is very important; this is because the incentive scheme given to an employee will influence the behaviour and level of engagement to the organisation. However, basic pay, it is a straightforward payment scheme which may not provide incentives to individual workers because they are not based on output or performance. This pay is often in relation to a given period like an hourly rate, weekly wage or annual salary. It's also an established rate for all workers in one category. Incentive for group, Plant/ enterprise-based it is refer to as grain sharing within large group or the whole organisation. This pay scheme is use in organisations where the workforce can clearly see the results of their efforts.

Award can include two kinds. Intrinsic reward include-

Achievement, feeling of accomplishment, recognition, job satisfaction, personal growth and status, job enlargement, job enrichment, team working, empowerment. Otherwise, extrinsic rewards also include formal-recognition; base wage or salary, incentive payments, fringe benefits, promotion, social relationship and work environment. This study will explain and define different type of pay and non-financial scheme use in today's organisations.
Reward Management is concerned with the formulation and implementation of strategies and policies that aim to reward people fairly, equitably and consistently in accordance with their value to the organization. Reward management forms the organization relationship. This if an HR manager is to succeed in successfully managing the employment relationship, he/she will have to do well in reward management, otherwise these will be an inbalance in the employment relationship, such as strikes, lockouts. Objectives of Reward Management may include: Support the organization's strategy, recruit & retain, motivate employees, internal & external equity, strengthen psychological contract, financially sustainable, comply with legislation and efficiently administered.

Basic Types of Reward include

Extrinsic rewards

– satisfy basic needs: survival, security

– Pay, conditions, treatment

Intrinsic rewards

– satisfy higher needs: esteem, development

Rewards by Individual, Team, Organization

Individual: base pay, incentives, benefits

– rewards attendance, performance, competence

Team

– team bonus, rewards group cooperation

Organization

– profit-sharing, shares, gain-sharing

In general , a profitable reward management system should have these characteristics: Simplicity must be easily understood by everyone in the organization. People must understand why they are getting, what they are getting from the employment relationship . Fairness and equitability, every component of the system must be justifiable and consistently applied. But reward management has related problems, such as strike, staff turnover, dissatisfaction etc. An effective participatory reward management system should be negotiated and agreed better management and employees.

What is the role of Compensation and Reward in Organization? Compensation and Reward system plays vital role in a business organization. Since, among four Ms, i.e Men, Material, Machine and Money, Men has been most important factor, it is impossible to imagine a business process without Men. Land, Labor, Capital and Organization are four major factors of production.

Every factor contributes to the process of production/business. It expects return from the business process such as rent is the return expected by the Landlord. Similarly Capitalist expects interest and organizers i.e. Entrepreneur expects profits. The labor expects wages from the process. It is evident that other factors are in-human factors and as such labor plays vital role in bringing about the process of production/business in motion. The other factors being human, has expectations, emotions, ambitions and egos. Labor therefore expects to have fair share in the business/ production process.

What are the advantages of Fair Compensation System?

Therefore a fair compensation system is a must for every business organization. The fair compensation system will help in the following:

If an ideal compensation system is designed, it will have positive impact on the efficiency and results produced by workmen.

Such system will encourage the normal worker to perform better and achieve the standards fixed.

This system will encourage the process of job evaluation. It will also help in setting up an ideal job evaluation, which will have transparency, and the standards fixing would be more realistic and achievable.

Such a system would be well defined and uniform. It will be apply

to all the levels of the organization as a general system.
The system would bc simple and flexible so that every worker/ recipient would be able to compute his own compensation receivable.
Such system would be easy to implement, so that it would not penalize the workers for the reasons beyond their control and would not result in exploitation of workers.
It will raise the morale, efficiency and cooperation among the workers. It, being just and fair would provide satisfaction to the workers.
Such system would help management in complying with the various labor acts.
Such system would also bring about amicable settlement of disputes between the workmen union and management.
The system would embody itself the principle of equal work equal wages. Encouragement for those who perform better and opportunities for those who wish to excel.

Factors affect an organization's reward policy and strategy which include: affordability, it means what an organization can afford to pay the argument is that an organization can't borrow to reward employees, but should reward from the value created by the employees themselves. However, an organization has to afford to pay above legal minimums, legislation sets the minimum base pay (minimum fixed pay rates), which becomes the starting point in calculating for all of an organization's policies. Workers committees/trade unions depend on the power of a union, pay levels are determined through collective bargaining. The most powerful ones will strike higher levels, external job value means the market value of the job, e.g. what is the market value or HR manager or clerical assistant? Internal job value means the value or perceived value of a job compared to other jobs which the organization will determine the reward that job, e.g. HR manager compared to finance manager. Value of the person means employees holding similar jobs can be paid differently depending on the value of the organization performance and the economy environment influence means (labor supply/demand). A depressed economy increased the supply of labor, which reduced its price and have effect reward policy strategy.

Thus, reward system strategy means a benefit plan management procedure and it needs to implement these steps in order to achieve its fair reward as below:

Step one, deciding objective to assess what the company wants to achieve through its benefit strategy and policy, and its ability to pay for the changes;

Step two, obtaining view points and input from employees to collect employees' view points through employee surveys, focus groups and individual interviews;

Step third, analyzing competitiveness to establish or determine the company's competitive position, though conducting a customised survey or collecting available market data from external providers;

Step fourth, designing the benefit package to determine the mix and sacle of the benefit package, the allocation of benefit, the scope for flexibility and the cost of benefit provision;

Step fifth, consulting the senior management team and employees on the proposal to get input and buy in from senior management team to make amendments if necessary, collecting comments and effort the non-financial rewards as benefits; step sixth, planning the communication to inform everyone concerned what is happening, why it is happening and how it affects them,

The final step , evaluation to review the plan on a regular basis and obtain input from employees and management for evaluation purposes.

Strategy reward system pay for perform two elements: Financial reward includes base salary, pay incentives, employee benefits. Non-financial reward includes intrinsic rewards, centers in the work itself, praise, recognition , time off. Reward system is a key driver of-HR strategy, business strategy organization culture strategic reward system related to HR system. Such as skill-based pay to training, overtime pay rules to labor relations, sign-on bonus to employment, merit pay to performance management and merit pay to performance culture.

Thus one successful reward strategy system will have these characteristics. Performance and reward strategy, identify requirement and develop strategy, analyze data and performance and reward information on individuals or group and achieve collegues to aid decision making, work with managers to certain and develop reward requirements for key individuals within their area, review and analyze the organization strategy demographic profile and market activity against current reward activity to identify current reward activity to identify current and long term reward requirement to assess internal and external factors driving reward requirements agsinst plan. Explain to employees how pay and reward fits and supports overall people processes and activities, such as performance management.

In conclusion, what is award's aim ? For the organisation, reward should aim at; recruiting the quantity and quality required, encourage suitable staff to be loyal and remain in the organisation, provide rewards for good performance and incentives for further improvement in performance, maintain appropriate differentials relative to values of different levels of job, the reward adopted by organisation should be flexible enough to accommodate changes in the market rate for different skills and should be cost effective. For individual employees the reward system should be fair and equitable in valuation of the worth in comparison with others. The third which is the union of employees, the system should ensure maximum benefits for members without undue prejudices to their future security by making their reward to pace with the cost of living and the prosperity of the organisation.

What kinds of benefits of reward strategy which can bring to organizations? Good employee benefits and services can help the organization by reducing potential employee discontent, satisfying their needs and discouraging labor unrest or raisinf labor turnover. Thus, with competitive benefit programmes , an organization can be more effective in recruitment and employee retention, thus reducing labour turnover.

Employee benefits may include legally required payments, such as workers compensation, long service pay or retirement payment, sickness allowance and end of year payment, bonus as well as optional welfare plans,such as life insurance, medical/hospital /dental coverage to self and family' education allowance, housing allowance, quarters, subsidised loans, retirement, pension plan, meal allowance, travelling allowance, paid time off, pay sick leave, other specal paid leave, five day week, paid annual leave and maternity leave.

Employee service mean the organizations can choose to provide various services ranging from work related to those satisfying personal or family needs, in order to encourage employees to work happily and stay with a particular organization. The service may include social functions or recreational activities, e.g. New Year dinner, annual ball, company picnics, free transportation service, food service or canteen ,purchase of used equipment no longer required by the company, credit unions, low-interest loans, legal services, child care and elder care, conselling services, free holiday appartment, air ticket allowance etc. employees' welfares.

1.1 Why does organization need reward management system?

In compensation and benefits reward management aspect, it is not possible to imagine an offer of employment that does not indicate a salary or wage and possibly other terms of compensation as well as description of the various benefits available with the employment. So, a candidat accepts ot rejects the job offer, he/she will regard how a compensation package with a monetary of non-monetary value, such as a fair exchange for whose labor. So, the award management plan will include monetary reward and non-monetary reward both is better than monetary reward only. For example, piece rate py is good for factory workers, commissions have long been a major part of the compensation of salepeople and merit pay and bonuses are well established methods of rewarding good performance for car salepeople. So, the variable or incentive pay is a good reward implementation plan for salespeople, insurancc agents.

How to evaluate the base pay level is the more accurate? Leon, M. (2002) indicated that when a company needs to determine levels of base pay, the best companies have several objectives. The most important , in a global business environment characteristized by strong demand for talented experienced employees is to be competitive. The determination of base pay level does not depend on only in one's own industry, but also in other industries competing for the same talent. In fact, a firm's closes competition for human resources often is not its closet industrial competitor. In addition, the best companies are attractive to the levels of compensation appropriate to the different regions and countries where facilites are located or where workers originate. At the same time, some are developing truly global talent managers, whose pay scales are most pay level to similar manager in other companies than they are with typical rate of pay in either the firm's headquarter country or its overseas locations.

Is one company achieves higher profits, it needs to raise higher wage to its all employees? I feel that it depends on whether situations to make decisions to raise all employees' wages , due to it has higher profit reason in the year.

Robert, P.V. (2006) summarized these rules in dealing with subordinates, their performance should be enhanced. These rules includes using fair differential rewarding, it means that many managers try to treat all subordinates alike. When all employees receive equal rewards, superior performers begin to feel that their efforts are unappreciated, when poorer recognize that they won't be penalized for minimal effort. In response, over time, most above-average performers will drop their performance to the minimal level.

A few superior performers may persist absolutely , but most will lower their efforts to the level that they feel equals their rewards. So, when rewards are commensurate with performance, however, subordinates receive a quite different message. Superior performers get the signal that their efforts are valued, and potentially high performers are encouraged to try harder, identifying valued rewards for individual , it means that if a maneger hopes to influence an employee's behavior through the use of rewards, the rewards must have value to the employee. One of the best ways to obtain such infomation is simply to ask employees what rewards they could like to receive. Younger workers may perfer more paid vacation days, (non-monetary value reward) or greater participation in decision making (high position management role) . The older workers may choose better medical insurance or a longer contribution to their pension plan, instructing subordinated on how rewards are tied to performance. It means that in order for maximizing organization's effectiveness, employees must clearly understand how rewards and performance are connected. When specific information is lacking, subordinates may try to seond-guess their manager's intentions by constructing their own imgined system of rewards. Thus, much underproductivity can be avoid of a manager clearly states goals for performance and explains how rewards will be related to performance, providing information feedback on performance means that in order to meet their manager's standards of performance, employees must have instructive feedback. Their manager must evaluate their information for them, indicating how well or how poorly they are doing and suggesting specific ways to improve. In addition to providing guidance, feedback can also serve as an additional form of suggestion.

Thus, when an organization earns higher profit, it seems that it ought not raise all employees salaries to be higher, because some hard working employees will feel unfair if the lazy employees can raise the same salary level to ame to the hard working employees in the year. On the consequence, the hard working employees will be possible to underproductivity or productivity in below level efficiency or inefficiency to perform their unsatisfactory or disagreed feeling to complain whose employers. Then, the organization will encounter low productivity in possible. Hence, fair reward management plan to all employees which is needed in any organization.

1.1.1 Why do IT and bank and property managment and school organizations need reward management system?

Reward management systems have major impact on organization capability to catch, retain and motivate high potential employees and as a result getting the high level of performance. I also believe reward of employee performance can lead to differentiation between the productivity of the bank employees. In fact, bank employee performance is originally what on employee does or does not do. Performance of employees could include quantity of output, quality of output, timliness of output, presence at work, cooperativeness.

Reward management in bank serrvice industry, bank orgnization needs have effective and attractive reward management system to attract talent human resource applications. But banks are facing global saving bank competition. Reward management system is a core function of human resource discipline and is a strategic partner with company management. An good reward management can raise bank service employees performance in loan, saving mortgage etc. different departments. An effective reward management system can shorten service timeliness to raise talent employee individual bank service performance, raise the talent employee team cooperative effort in loan, mortgage, counter etc. different service departments.

However, reward management system tool includes both financial and non-financial reards which are also called as extrinsic and intrinsic rewards. In bank industry financial rewards include salary increase, bonus, commission, housing loan allowance, education loan allowance. The non-financial rewards include promotion and title, authority and responsibility, appreciation and praise, participation to decisions, vacation time, comfort of working place, social authority, customer and management positive oral and written feedback, flexible working hours, design of work

recognition , social rights, etc.
Property management industry reward management practitioners include property managers, caretakers, attendants, security guards, facility maintenance workers and cleaners. It is essential for employers to formulate strategic plans and coordinate labor relations of human resource with the development. In respons to the people-related challenge and opportunities to property management industry. It includes six aspects: communicating and improving staff benefits, promoting work-life balance and health and enhancing work arrangements, enhancing staff's career development and promotion prospect, improving the professional image of the industry, friendly employment practices for mature persons. Through these practices enterprises can make their job vacancie about attractive and answer misunderstandings about the property management industry.
Thus, the manpower shortage challenge will be avoid , when the people have interest to join the industry and they feel the reward is attractive to them to develop career. How to improve staff benefit? It includes new recruit entry bonus schemes, giving out little gifts and bonuses, during celebrations and festive occasions, and granting gratuities to critically ill employees or on the death of the employee's immediate family members, offers employees insurance plans, offering award schemes for employee's children by granting scholarships to outstanding students in recognition of their excellent exchange scholarships are available to subsidise their children's study abroad, promoting working-life balance to staff, such as organizing interest classes, setting up sports teams, organizing gatherings, participating in charitable activities, encouraging employees to organize social gatherings, promoting happiness at work, strengthening occupational safety and health arrangements to employees, e.g. setting up occupational safety and health committee / departments, formulating occupational safety and health policies, entertainment of work arrangement: compressed working days, five-day work week, flexible working days, flexible rostering, job sharing, part time work pattern, most

rest time for frontline employee, job nature or workflow modification / re-engineering, improvement of employee's workplace environment, intra-district redeployment.

Reward is an important element in information technology industry. The IT industry had been needing a leader in changing traditional compensation strategy. Pay for performance needs to be designed effective reward system to encourage IT employee to work hardly in order to reward and contribute the most to an IT organization's technological productivity and profits.

The compensation mix depends on deliverable and the impact it has on the IT business. Consequently higher the responsibility greater the variable content in the pay package. IT industry has many IT professionals , such as programmers, software or hardware engineers, e-commerce website designer etc. different IT professionals. Hence, different IT professionals need have different skills to evaluate pay performace level fairly. However, performance related pay plans, it is a motivator the improves productivity. It helps in improving IT product productivity and performance levels when making every IT professional individual equally to encourage or motivate themm work to hardly in their IT unique professional aspects. It is a greater motivator for top performances and teams as they can get fair and reasonable reward and pay according to their contributions.

In fact, there is no standard formula for a performance -related incentive plan, it is unique for each IT professional. However, the incentive plan should need to be design to each IT professional with an organization's objectives. They include, communication and understanding of objectives, consideration of different IT professional performnce against objectives, translating evaluation into the kid of IT professional performance rating, a link between ratings and pay to the kind of IT unique professional skill.

University HR strategic reward management system(review promote monitor scheme) aims to improve systems and skills for teaching employee communication, support teaching management to play a move active role in communicatin key messages, ensure school reward policies and procedures are fair to teaching staffs and administrative non-teacing staffs in salary rank increasing level, establish improved consultation procedures at academic and teaching service level, demonstrate the values and ethics by the university through management practices and communication with teaching staffs and non-teaching staffs, improve the profile and performance of the university by recruiting and developing talent teaching employees with appropriate external recognition , certain academic disciplines present more different recruitment challenges and profile of the university as an employer could be improved in the academic labour market, recruiting sample of selection decisions through early stages of employment to assess quality of appointment and identify learning points, suppoet and encourage recuritment messages to improve selection practive including skills and high quality appointment decisions, raise the profile of the university as an employer regionally, natinally and internationally, establish succession planning for all key roles and positions linked with clear career progression with job families, to face in a difficult economic climate the university needs to continue to attract and keep high quality staff to work in an efficient and cost effective manner. The extension of workload allocation models to all academic units is an important tool to assit in managing workload fairly and more effectively, well targeted and designed training and development is very effective in motivating and enabling staff and support productivity.

1.1.2 Why do small organizations need reward strategy?

Reward strategy can be applied to large organization, it can be also applied to small organization, e.g. family business, family business also needs compensation policies, the result encourages professional growth among family members and other employees as well as strategic business goal accomplishment. In general, compensation can be divided into the categories of base pay (equity as a basic for fairness , benefit, e.g. health care insurance, salry , wages, incentive compensation (e.g. bonuses, deferred compensation, stock or share options) and perks e.g. club membership, use of the company's private mountain, beach for holiday entertainment or sport activities e.g. free glof sport and company 's automobiles to provide to employees to drive in their private time.

Craig, E. A (2011) indicated that although small business has less employees , but it also needs compensatin adjustments. The reasons include: (1) performance-based increases i.e. a rise, (2) annual wage adjustments e.g. cost of living increases to remain with what comparable businesses are paying and corrective adjustments to more pay for a position into with other position in the business increases are considered to be a key component of compensation by managers and non-management employers alike. The difference between one small organization's and one large organization's performance based incresae is possible that one large organization has more a rise amount of performance -based increases in every time performance review. Otherwise, one small organization has less a rise amount of performance -based increases in every time performance review.

A good reward strategy can develop a philosophy of compensation that builds a framework for base pay and incentive tailored to the special values, goals, and needs of the particular family firm. Hence, one family or small firm's compensation -reward strategy can be explained to be needed, due to these factors : the firm can compare pay and performance levels with those of businesses with whom which compete for employees, the firm's goal is to provide total compensation between median and the percentage of comparble groups, base salary will be made more accurate decision at or high or below the median level for the comparable groups, individual salaries will be made more accurate decision within how much percent of the midpoint for the firm's comparison group's salary range, the firm can make more accurate decision on emphasizing whether performance -based incentives ought be spent at the expense of the salary, whether annual incentives ought be exceed those of comparably sized competitors, whether long-term incentives ought be based on results that add shareholder value.

However, culture can influence some business owners how to make compensation issues, culture means beliefs, values, assumption, habits and behavior patterns of the organization. The reasons staffs are paid the way, they are may be partly unconscious and may arise from the personal and family history and the deeply felt personal needs of the business leader or leaders. So, any family or small business will ought try to develop a philosophy of compensation (reward) strategy , which may learn a great deal about itself in the process. For example, a entrepreneur has confidence in her or his ability to manage compensation on a case-by-case basis and maintain tight personal tight personal control over each individual pay, perks, incentives, dividends, and gifts in order to encourage its employees can raise more effort to increase the sale number to its different kinds of product in its shop. Otherwise, if a family member working in this kind of culture asks for a raise, the business owner will not talk to about how to raise compensation to his/her salespeople in christmas period. Hence , culture seems to influence the large organization and small organization how to make itself compensation to salepeople in christmas period.

However, a basis for fairness to base pay which can let the large organization or small organizaion's staffs to feel, it is very important , when the large or small organization needs to focus on filling a vacancy and getting new skills into key areas quickly to meet customer needs with quality and efficiency. Because if the large organization or small organization expects it sale turnover may increase or staff turnover may decrease, but hiring needed talent may become more difficult, indicating that the company's pay structure may have lost internal logic if it's basic pay is unfair to attract talent staffs choose to join to its organization to work, when they feel that the organization's base pay is not reasonable to compare its competitors (pay for one job compared to another), and comparable jobs outide the company, the process is logical , objective and fair to be needed to judge the base pay structure to any organizations. Having a consistent, explainable rationable for how compensation or reward is critical for employee and shareholders judgements about fairness. Hence, individual employee will usually compare his/her job in the company's salary and his/her similar job in another company's salary whether whose salary is same or more or less between whose's company salary and similar company salary. Hence, a company needs to establish equitable base pay in a market value and merit system, with any adjustments , pay raises being a function of performance merit in order to make more reasonable compensation or reward to let its staffs to feel to avoid staff turnover number raises.

A rational compensation system steps can include: creating job description for all jobs, conducting a job evaluation to rank order jobs and determining which jobs that are similar in their importance to the business, obtaining extermal wage and salary survey information for representation jobs, utilizing other sources for comparabl external data when needed, determining the company's reward strategy for compensation and deciding whether it wants pay to be set at the market average , whether it wants compensation at levels above or below the market average, or whther it wants to make a culture statement with pay levels, creating a wage and salary structure of starting pay levels, (minimums) and levels of pay for the most experienced workers (maximums). Analyzing current pay levels against the new structure pay levels against the new structure to determine which jobs are paid appropriately and which ones are not, considerering individual, unique jobs that may have qualitative more or less important than external market comparables might suggest, making pay adjustments for those that are not of the range, accelerating regular increases for positions below the target range and decelerating or not making increased that are above the range. Finally , it needs to periodical check or review the wage and salary structure against outside benchmarket (external similar competitors positions to maintain external equity).

The point factor job evaluation tool can help the organization to make decision whether the staff ought pay how much salary level is the most reasonable. The point method include the elements such as : The experience element means the factor appraises the length of time normally required for an individual to acquire the necessary knowledge and ability to affectively perform the duties of the job. The experience level element means that whether the worker individual working experience in the firm, e.g. up to three months, he/she can earn the lowest points, till to comprehensive over right years, he/she can earn the highest points. The direction of others element means this factor appraises the responsibility to the job , it includes for organization, selection , assignment , guidance and review of personnel and the performance of other supervisory tasks. The direction of others level can indicate the employee earns none points when whose jobs involves no responsibility or authority for the direction of others, till to the highest points when the employee can confirm to own administrative abiluty,whose job is responsible for general administrative or executive supervision of all or broad segment of company operations as well as he/she can establish general policies and procedures and formulates and applies broad plans of operations.

Compensation specialists can help the company to select representative jobs from a company and find good external comparisions. They will need to make adjustment. Some criteria for determining a jobs's market value can include position title and job description, industry, size of company, sales or revenue volume, cost of living, based on location etc. data to determine whether their company's salary level is accaptable or reasonable to a job's market value. They need to gather the data concerns the job's market value. This is helpful because the latest supply and demand factors can affect certain positions may not show up in surveys. They must need to gather similar industry's organization size, sale or revenue volume data, daily cost of living and transportation cost how to influence their employees' income and similar competitors' employees income in order to make more reasonable and accurate salary structure adjustment.

1.2 Reward management aims to bring positive influence to work performance, how to achieve high work performance?

How can reward management strategy raise job performance? In organization, work performing is affected by job characteristics and physical work environment, ability and skills and the willingness to performance to the individual employee. The major strategic rewards decisions to reward employees which include: What to pay employees, how to pay individual employees, recogntion programs? Concerning about what to pay? The employer needs to establish a pay structure balance between internal equity, (the value of the job for the organization) and external equity , the external competitiveness of an organization's pay relative to pay in its industry.

What does reward management mean? The management discipline is concerned with the formulation and implementation of strategies and policies, the purpose of which are to reward employees fairly, equitably and consistently in accordance with their value to the organization. It deals with design, implementation and manintenace reward systems (processes, practices, procedures) that aim to meet the needs of both the organization and its stakeholder. Thus, total reward can include non-financial as well as financial element is developed, implemented and treated. Usually , the components of total reward include two aspects: tangible rewards (base pay, contingent pay and employee benefits) as well as relational intangible rewards (learning and development), the work experience and achievement, growth , non-financial rewards . Then, it is the total reward. However, reward can include these tangible and intangible elements: payment, such as salary, bonus, shares etc. Praise, such as positive feedback, commendation, staff-of -the year award etc. Promotion, such as status, career development. Punishment, such as disciplinary action, criticism, withholding pay. Thus, if one employee can not achieve the satisfactory performance, he/she ought need to get disciplinary action to be punished in order to let he/she learns how to revise his/her performance to raise working efficiency.

How to implement strategic reward management? Where do we want our reward practices to be in a few years time (vision)? How do we intend to get these (mean)? So, a declaration of intent that defines what the organization wants to do in the longer term to develop and implement reward policies, practices and processes, that will further the achievement of its business goals, and meed the needs of the stakeholders, it can give a framework to other elements of rewards. So, the structure and content of a reward strategy may include: Environment analysis, macro-level, social, economical, demographic, industrial level, and micro-level competitors, analysis of job evaluation, financial conditions, gap analysis.

When the organization expected to apply reward strategy to raise employee individual performance successfully? It needs to know what job evaluation means. It is a systematic process for defining the relative worth/size of the jobs roles within a organization, for establishing internal relatives, for designing an equitable grade structure and grading jobs in the reward structure. For example, reward strategy can attempt to reduce wage gaps, when the wage gap can occur in the company, it can use international benchmarking in job evaluation. However, the cause is simple. The market of top managers is ususally international, they earn international wage, or they leave the firm. The market of workers with little or no qualification is locl in nearly every case. They can earn local wages. In less developed countries , this can lead to raise wage gaps between the top and bottom employee. Hence, if the firm discovered it has large distance of wage gaps between its top and bottom level positions. It ought need to find methods to adjust these positions' salaries to be reduce large distance of wage gaps fairly in order to let these large distance of wage gaps of position employees , they can feel their company is more fair to treat every employee.

Moreover, firm also need to consider that whether it ought choose which type of individual payment to excite its employee individual performance to be improved. They may include: performance -related increases basic pay or bonus -related to assessment of performance, contribution-related pay is related both to inpurs and outpurs, skilled-base pay is related to high or low skilled to the individual effort performance, service -related pay is related to whether the employee needs to spend how long service-time to satisfy customer's need in order to measure every service employee's performance, team-based pay is related to team performance, it can encourage teamwork, loyalty and cooperation and it can be demotivating on individual level.

All of these any types of reward method will improve or encourage the low performance employee individual working efficiency or raise productivity more easily as well as fair reward strategy can upgrade the high performance employee indiviual efficiency or encourage them to exceed their productive level or raise their productivity to achieve the maximum number. Hence, reward management has direct relatively to influence every employee's performance in order to bring either long term positive or negative influence to their organizations.

1.3 What factors can influence organization's reward stragety? What is reward management strategic principle to employment relationship? employees needs to pay tangibles (salary, wage, cars, educational , holiday allowance etc.) or/and intangible (recognition, career development growth etc.) rewards to employees aim. Individual balance to achieve tangible output, sales and/or intangibles loyalty , service performance, commitment. Hence, reward managment forms the employment relationship, if an HR manager is to succeed in successully managing the employment relationship, he/she will have to do well in reward managment.

The reward management principle includes simplicity, it must be easily understood by everyone in the organization, fairness and equitability , every component of the system must be justifiable applied. This element is arguably the most challenging to implement and is the cause of most reward management related problems , such as strike, turnover, dissatisfaction etc. Hence, an attractive communication and training to the low skilful labour to have chance to upgrade high skilful which is needed, a participatory chance is effective one should ideally be negatiated and agreed between management and employees.

In fact, traditionally companies have always adopted the base pay strategy. It pays the legal minimum wages and salaries. However, it does not adequate in new work cultures and in terms of attracting , retaining and motivating top performers for strategic purposes, but still very commonly uded for lower level employees. The new reward strategic options include as below:

1. Knowledge and skills based strategy, because of the proven relatin job performance, organizations have sought to encourage continuous skills development by trying it to rewards. A organization simply varies its pay structure according to one's level of knowledge and skill (job evaluation systems. It can define which skills, it values and will pay for and must have a supportive training and development strategy. It is based pay with an equal base pay and a variation based on skills and knowledge. It may be costly in the short-term , but it is beneficial from a knowledge HR base through increased productivity and quality of product.

2. Performance based (varied pay based structure strategy), employees should be rewarded only for the value they create. A company will reward employee in the same grade variably depending on each employee's performance.

3. Incentive based pay structure strategy, it measures but being different in that it focuses on group performance rather than individual performance. The starting point in strategy is to define group performance targets , such as productivity sale volumes or profitability.

What factors can influence organization's reward stragety? They include: Afforability, the argument is that an organization can't borrow to reward employees, but it should reward from the value created by the employees themselves; legislation sets the minimum base pay minumum fixed pay rate; union/workers committees' pay level are determined through collecting bargaining. For example, strike issue will bring higher salary level in possible; external job value, the market value of the job, e.g. what is the market value of an HR manager or clerical assistant; internal job value, perceived value of job compared to the other jobs which the organization will determine the reward for the jobs , e.g. HR manage compared to finance manager; value of the person, employees holding similar jobs can be paid differently depending on the value to the organization performance; the economy changing factor (labor supply/demand) in labor market, e.g. it is a depressed economy increases the supply of labour, it will reduce the labour wage/salary market prices, due to the economy is bad , employers won't need to raise to any employees number and it has excess labour supply number to affect reward policy strategy.

1.4 What is reward system of McDonald ?

For McDonald's Corporation U.S. employees at corporate, division and region offices, McDonald benefits are organized into four Performance management includes processes that effectively communicate , company aligned goals, evaluate employee performance and reward them fairly.

Your Pay and Rewards (ref from McDonald's reward system)

Attractive program follows a "pay for appearance" beliefs: The better your results, the greater your pay opportunities.

Base Pay

Since employees' bottom pay is the most important portion of their recompense, McDonald's maintain the competitiveness of our base pay through an annual review of both external market data and interior peer data. In our business, division and region offices, McDonald's has a broad banding compensation system. Broad banding allows for suppleness in terms of pay, movement and growth.

Incentive Pay

Inducement pay gives our workers with the possibility to earn spirited total compensation when performance meets and exceed goals. For our corporate, parting and region office, the Target Incentive Plan (TIP) links employee presentation with the presentation of the business they hold up. TIP pays a gratuity on top of employees' base salaries base on business presentation and their person appearance.

Long Term Incentives

Long term incentives are granted to entitled workers to both prize and retain key employees who have shown continued presentation and can crash long-term value creation at McDonald's. for the befits of employees the long term incentives are very helpful because when the organization has a policies of incentives or long term incentives then the employees of the organization feel secured and work hardly for the organization. Similar like this any company or any Originations rewarding system always brought positive crash.

Recognition Programs

Mc Donald's recognition programs are intended to reward and recognize physically powerful performers. For our corporate, separation and region offices, these take in the president Award (given to the top 1% of individual performers worldwide) and the Circle of fineness Award (given to top teams worldwide to be familiar with their aid for advancing our vision). Once start to hesitation your honesty, and then no one is leaving to alter their activities Appraisal system is also very helpful and makes a positive competition and encouragement in between the employees of the organization. Promotions will be appraisal based which encourage employees for hard work.

Company Car Program

Mc Donald's company car program provides entitled employees with a company car for both business and individual / personal use. If entitled, employees can decide from. This is also very encouraging and motivating incentive for employees. It creates competition between employees and they work hard to get this incentive.

In conclusion, the assumptions the company is creation about their prospect service and its intention to support their progress. Practical processes for deploy people and delivering enlargement which are consistent with these intention. The reserve and promise for taking these types of program used. If we see in past we can get that simple ways in which the company could use the out test for the planed strategies and special and important clues for the good results.

Reference

Craig, E.A. & Stephen, L.M. & John, L.W. (2011) family business compensation: New York, US, Palgrave Macmillan, p.35

Leon, M. (2002). High performers, how the best companies find and keep them: US, Jossey - Bass, John Wiley & Sons, Inc, US pp.133-134

Robert P. V, (6 edition, 2006). organizational behavior: core concepts: US, Thomson, pp.58

CHAPTER II

Organizational development

Why do organizations need develop?

Organizational development (OD) is defined by theorists and practitioners in diffferent ways. Essentially, it is a planned, organization-wide effort to increase an organization's effectiveness and/or to enable an organization to achieve its strategic goals. Before working on organizational development activities, an essential first step is to map the organizational context in which the changes , you are hoping what will occur. It means to understand function what affect your work, which approach you may be bringing to the activities and being able to determine an organization's readiness to work with you and develop for themselves the required innovations.

Many OD projects focus on providing the more visible mateial resources, building skills, improving organizational structures and systems. Moreover, culture values have an impact on several elements of as including: the way change occurs, perception about whether change is needed, perception about leadership and ownership , perception about risk and uncertainty, perception about relationship and partnership and perception of what success looks like. It is described internal changes as relating to organizational structures, processes and human resource requirement, whereas external changes involves government legislation, competitor movements and customer demand.

In general, organizational development aims to expect to raise awareness, e.g. improved understanding, attitude, confidence or motivation , enhanced knowledge and skills, e.g. increasing ability to act through teamwork, e.g. strengthened ability to act through improved with a group a people tied by a common task. This may involve for example, among them memebers, a stronger agreement or improved, communication, coordination, contribution by the team members to the common task, enhanced networks, e.g. improved processes for stronger incentives for participation in the network ot increased traffic or communication among network members; increased implementation know -how , e.g. discovey and innovation with learning by doing formulation or implementation of policies, strategies, plans for UD aims in possible.

Why do organizations need to changed? Our business would is fasting to increase technology new methods of production and new taste of customers and new market trends as well as new strategies for best control of the organizations and motivation of employees like to accept to use new products in popular nowadays. Hence, managers need to concern how to decide about the change management in the organizations, because business activities now are globalize, and every organization needs to attract loyal customers , trained the employees, introduce and adapt new methods of production and best control the activities of the organization.

How will change organization in the good condition? The question arises in present scenario. Organizational change or change management aims to raise ability of the management benefits and support from change with reduced inefficiencies and ineffectiveness from the side of employees and encourage appreciate acceptance and support. The process of changing the activities of the organization as well as the implementation of the procedures and technologies to achieve the design objective. If the organization usually needs to change management includes different aspects, such as control change, adaptation change and effecting change.

Consequently, organizational change simply means to change the activities of the organization, it concerns change the culture of the organization, technology, business process, change of employees, rules and procedures, recruitment and selection, design of jobs, methods of appraisal , human resource , technology, physical environment of the organization, methods of training and development, job skill, and knowedge etc.

However, when the organization decides to implement change. Some employees should feel not adapt the change easily. They will quickly respond by voiling complaints, engaging in work slowdown, threateninf to go on strick etc. How to overcome change management implemenation successfully. The organizations need to implement change fairly , selection peoplw who accept change, education and communication.

However, organization development also plays an important role in the change management. It can be defined as a collectin planned change, built a humanistic values and benefits and welfare needs, that need to improve the organizational effectiveness and employees work performance and well-being.

2.1 Why does General Motor organization need change management?

For General Motor (GM) change management case example, GM taking swift cost cutting action (2008) showed GM established in 1908s, till 1920s it was becoming the world largest motor manufacturing company, it could produce new style and design car every year. These were different brand cars which were producing by the company that time, and this every there were no other competitors to compete in the company different cars. But, the Japan automakers the company, GM felt threatened, specially Toyota Japan. Hence, GM needed to aain get his position in market by restructing and making change in the company. Now the GM company is again operating business in core brands in America, such as GMC.

GM taking swift cost cutting action (2008) also indicated that however, the aithoer change to GM was the high wages cost to employees as the company was paying US$74 per hour as compared to Toyota US$44 per hour, because GM was an agreement with trade union and GM run the plant with minimum 80% capacity owb whether it was needed or not.

Hence, what types of changes are decided to bring or make change to GM. In fact GM decided to bring changes on some areas of the motor business. These were included, structural change, cost change, process change and cultural change. The steps which as taken to change by the GM is about cost cutting, it has reduced cost of some brands to maintain the profit level. Similarly , GM also cut pay of employees which was the major problem. The GM also changed the culture of the company. GM removed it automative producing board and automative strategy up to 8 men board. It can changed the culture to improve the efficiency of the employees and such change is to speed up the day to day decision making.

But, GM also encounters problems to change process. Such as problems in cultural change, the cultural plan was based top down approach, which ignored totally the involvement of the employees as compared to other companies, some suggested that it has not down up approach in which employees feel satisfaction. So this regard , it empowered the employees by introducing in tailoring the down top approach. Rather then telling to employees what they do, due to its employees hope have change to discuss with top management to express their opinions. Moreover, the other problem with cost cutting from the agreement of trade union, as it was an agreement with not lowering the pay of the employees and maintain the capacity level.

Driving change at GM (2005) indicated that better result of cost cutting of GM seems from its employment figure of 98 to 2009. It was reduced from 226,000 to 101,000 workers and now the GM is concentrating on sale rather than to further cut off and also GM is deciding to reduce the workerd force of the factory from 60,000 to 40,000. It certainly leads to cost saving to GM. Another better result of cultural change to GM, employees now becoming aware about the responsibility, as well as GM aso empowered the employeed to give better productivity. Hence, GM can success to solve change management problems to bring profit and win its competitors in motor sale market in global successfully.

2.1.1 Culture can influence organization development

Culture is not the way we do things around here. Culture is which we cooperate and the through we view the organization. If we view an organization as a system of interacting and interrelated part, culture defines , creates and supports that system.

IBM computer organizational culture influences whether it's computers will be out-dated feeling to computer consumers

For IBM computer computer example, IBM had brought to change a culture means changing our findamental view of how the world works. However, IBM ran into serious financial difficulties in the late 1980 and early 1990s in large part because it was unwilling to change the ways in which it was approaching the computer market, even though the market was rapidly changing around it to break with tradition.

How is culture created to IBM? Stephen, R.B(2011) indicated IBM founder , or the influential leader, had reinforced the values of culture. When he worked for IBM many years ago, he discovered the IBM leader was one considerable person to his employees. Such as one case, how when an IBM employee was badly injured and his family killed in a car accident, the leader Tom Watson was there at the hospital when the man woke up, promising to cover the medical bills and do whatever he could. Hence, he can let IBM employees feel that IBM was seem to their home family.

Hence, what makes a successful culture to IBM ? Stephen, R.B(2011) also showed that a culture is successful if it is in harmony with its environment and unsuccessful if it it unable to function in its environment. The environment is the world in which the culture operates. So, when environment changes faster than cultures. When the environment changes, the mechanisms of the culture may no longer be valid. Such as the advent of the PC changed the business environment for IBM, and the company found it difficult indeed to adjust. Today, with the accelerating shift from desktop computers to mobile devices and the Internet, Microsoft is still. In 1992, IBM had a loss for the first time, closed down numerous divisions. However, IBM's culture contained a very strong ethic of " analyze the problem, determine the solution, and execute the solution even, if it 's unpleasant." IBM realized that it needed a fresh perspective, so it brought in Lou Gerstner, the first non-IBMer to become CEO. As Ed Schein points out, Gerstner came from a very similar marketing backgroung to IBM's founder, Tom Watson, Sr. Gerstner didn't so much change IBM's culture as revitalize an aspect of it that had become dormant. Over the year, IBM's engineering culture had become dominant, and the marketing culture had benefit to become into the background.

IKEA organizational culture influences whether it's China furniture market in success?

Why does IKEA management cultural diversity needs to regard its staffs in China challenge? Multinational company, such as IKEA furniture company aims to increase profitability and it also needs to seek to for solutions to problems related with the saturation of existing markets, it needs to make an effort to expans operations to overseas market, such as China. However, it will face cultural difference challenge to be needed to deal if it want to enter China furniture sale marke successfully.

Kumar, S. (2005) indicated IKEA is the world's largest furniture retailer since the early 1990s. It offers a wide range of well-designed, functional home furniture products at low prices as many people as possible will be able to afford them. However, IKEA planned to enter China market, but it will face the cultural difference challenge between China and itself Swedish regional cultural of their staff communication and cooperational relationship.

In deed, the "IKEA" facilities its successfully international expansions , it needs to combinate vision, characteristic leadership and business principle between China and Swedish culture effectively. IKEA opened its first store in China in 1998. Although, the company has succeeded with their global strategy in the past in most of the markets, it has entered , it quickly learnt the success in the Chinese market required a different strategy in the areas of marketing and HR (Kumar, 2005, p.2).

What are the cultural difference to influence IKEA's success to develop furniture sale in China market? The standardized strategy which is adopted by IKEA could lead to some disadvantages because Swedish managers are needed to send to other branches in other countries in other to ensure the IKEA way is implemented in the local areas. Thus, it brings the conflict between the Swedish management and local employees could occur due to the cultural differences. Especially, in the country like China where the traditional cultures and value are different to such as Swedish culture. So, Chinese employees will have their mind for long a working culture differs from the Swedish way that IKEA wants to influence to their employees, problems were unavailable.

When IKEA were keen to increase revenue in Asian markets like China, they faced the challenge to mange their staffs from the conflicts and the diversity of Chinese cultures, such as how to train people within IKEA perform in a standardized format to keep its essential value, and how to avoid the misunderstanding when improve employee performance and understanding the importance of cross cultural management between Sweden and China. So, IKEA managers definitely have responsibilities to spend time, energy and effort to understand the differences of national corporate and functional cultures before starting an arranging the strategic plans in China furniture sale market.

The another cultural difference challenge concerns China and Sweden both countries have problems on law, price competition, information, language, delivery, foreign currency, time differences and cultural differences etc. different aspects. Thus, such as this IKEA Sweden furniture international company plans to enter China furniture sale market. It will have great barriers are caused by cultural differences, such as difficulty of communicaton, higher potential transaction costs, different objectives and means of cooperation and operating methods.

These problems have led to the failure to IKEA furniture to enter China furniture sale market in possible. Therefore, IKEA needs to concern questions how to do business in China and understand China's culture and how to do business with Chinese people. It is possible that Chinese labours dissatisfy IKEA's provided cheap labour as well as the strong serious organizational bureaucracy system, high job duty demand is needed to satisfy customer's behavior in China. Hence, IKEA's culture difference challenge to China furniture sale market , it has relationship to human resource management and reward challenge.

2.2 HR development aims

Human Resource Development is the framework for helping employees develops their personal and organizational skills, knowledge, and abilities. Organizations have many opportunities for human resources or employee development, both within and outside of the workplace. By the end of this paper i will be able to devise a human resource plan for a work area, to meet organizational objectives, identify and plan for individual development to meet organizational objectives and also initiate a personal development plan for an individual and evaluate progress. Healthy organizations believe in Human Resource Development and cover all of these bases.

The focus of all aspects of Human Resource Development is on developing the most superior workforce so that the organization and individual employees can accomplish their work goals in service to customers. We need to learn new skills and develop new abilities, to respond to these changes in our lives, our careers, and our organizations. We can deal with these constructively, using change for our competitive advantage and as opportunities for personal and organizational growth, or we can be overwhelmed by them. With all the downsizing, outsourcing and team building, responsibility and accountability are being downloaded to individuals. So everyone is now a manager. Everyone will need to acquire and/or increase their skills, knowledge and abilities to perform their jobs. By developing our knowledge and skills, our actions and standards, our motivation, incentives, attitudes and work environment we will be able to cope up with the everchanging work environment.

Reference

Driving change at general motor, 2005, online retrieved 15 Dec. 2009,

www.cioleadershipnotes.com/p/gm/htm
General motor talking swift cost cutting action, 2008, online retrieved 15 Dec. 2009 from dailymarkets.com/stock/2008/11/24/General- motor-takingswift-cost-action-cutting
Kumar, S. (2005) "IKEA's globalization strategies and its foray in China", IBS center for management research
Stephen, R.B. Organizational development, U.S., The McGraw-Hill , 2011, pp.5-8

CHAPTER III

Human resource role in business

HR function in organization

HR role in business functions: HR ethics and code of condust includes that HR people should act legally, ethically and professionally as these aspects: Act legally, it represent the most core of obligations. HR is reponsible for keeping current with changes in employment law and keeping management informed of risk or possible library. Act ethically, HR represents all employees at all levels of the organization, regardless of sex, age , race , color, material status, religion, disability or other protected class. At the same time, HR promotes the ethical culture of an organization. They must model the highest level of ethical behavior, administer all company policies and procedures fairly in handling disciplinary. HR must conduct thorough investigations and make recommendations or decisions based on facts. Act professionally, HR must keep employees' and companies' information in the strictest confidence and protect company information when dealing with employees or individuals outside of company. HR must follow changes in employment law, company policies and employment issues. They are also reponsible for continuing education to remain expects in the field to be a successful strategic business partner. HR staffs need own business knowlege and understand the cost of people-related activities and responsible for measurement to all HR programs and processes, subject matter expert, in this role, the HR person should passes HR knowledge in relation to the most up-to-date employment law at the best HR practices for sourcing and staffing, remuneration strategy and systems, performance management, employee relations, and people development and advice business as appropriate.

At all time, a professoional HR will keep his/her management informed of any potential risk and liability to the business , due to the change of employment law. Creating good working environment, HR needs to motivate , engage, contribute good and happy working environment to le staffs to work in the organization. HR needs to help to establish and promote the organizational culture in which people are willing to do the best performance to the jobs, and commit customer's needs and concerns.

In this role, the HR person identifies and facilitates overall talent management strategies, employee development opportunities, employee assistance programs, long term incentive and effective communication opportunities and channels between management nd employees. HR is such as one change agent. The HR person needs to know how to link changes to the strategic needs of the organization and being able to show empathy and concern employee needs to minimize employee dissatisfaction change. So, HR person needs have the ability to execute successful change strategies.

HR functions in organization include: workforce planning, sourcing staffing, organizational development, skills training , learning , talent development, reward management, compensation and benefits, employee relations, communicaton, enagement, HR policy and legal recommendation, change management, employee welfare, workplace health and safety.

Staffing soucring means the success plan or buy recruit from external. It is a process , a company ensures that employees are recruited and developed to fill the key roles. Through high-performing employees, develop their knowledge, skills and capabilitied and preare them for advancement or promotion into even more challenging roles in 3 to 5 years' time. So, it asks to develop the employees to special projects, team leadership roles, internal and external movement to training and development opportunities.

The success plan should identify key position, its key roles and contributions, key success factors of key positions, skill, knowledge, capabilities, reasons cause of turnover, potential success identification, development plans for potential successor to reach the required success factors.

Recruit from external or buying recruiting resource from the labour market is suitable to meet company short-term staffing needs for the junior to middle level positions. It can help new skills and new experience. Sources of supply can be from a combination of full time/part time employees, recruitment agencies' temporary workers and contract workers.

The contracting applicants arrange,ent stage means the HR needs to contract the job applicants and invite for an interview, conducts the job interview, prepares the resume in advance and highlight areas to require further during the interview, knowledgeable about the company, the role in discussion and the job application process the applicants able to answer questions they might have, enthisiastic , friendly and courteous , so the applicant will be viewed the opportunity move positively, resourceful and helpful to hire managers , such as sharing tips ar interviewer, how to manage interviewees‘ expectation etc.

Arranging interview stage providing the shortlisted candidates with helpful information about the interview includes: when and where the interview, who will be in the interview, how the interview will be conducted. Facilitating effective interview, the interviewer needs to ensure the interviewing environment is comfortable one free no noise, not leave the candidate waiting for too long. When closing the interview, the interviewer should advise the candidate of the possible must steps, online screening of application forms, using online to search and compare job applicant's information, job skills, years of experience, education level to identify suitable candidates for further selection processes.

Reward management is concerned with the formulation and implementation of strategies and policies that aim to reward people fairly, equitably a fact, employers nowadays can hardly rely solely on base salary to attract and motivate their employees. More emphasis has other benefits , such as retirement benefits and learning opportunites. Performance and reward system should be market-based, equitable and cost-effective. Rewards do not only depend on skills, capabilities and experience of individuals, but also performance. In order to encourage top rate performers, employers must not only offer rewards for good work, but they must also have consequences for substandard work. Although, employers usually do not want to follow through with negative consequences, it is sometimes a necessary process. Otherwise, employees have no incentive to correct unacceptable behavior.

Employers also needs to clearly know about what is recognized by the company and how these will be measured. So that they understand the relationship of performance and reward. Total reward may include anything value resulting of employment relationship to the employee with a goal to attract, motivate and attract talent. It can inclde financial and non-financial rewards and that these can change over time depending on their personal circumstances. Employers need to find out what attracts, engages individuals and explore how best they can meet these needs. It is important that the company how design's the elements of the reward package to suppot.

What factors can determine rewarding for performance, qualification, experience, potential, behavior, effort, achieving goals, meeting targets. How the employees will be rewarded, the awards whether are company's work culture/characteristics are whether drived the right behavior/peformance/efforts the awards are be valued by the employees, the awards are how often to be given, how often the rewards are reviewed, the award is long or short term.

Legal framework for reward system , such as payment of wage, restriction on wages deduction, minimum wage, benefit, such as share options or housing benefits. Major benefit plans may include: retirement benefit schemes, personal security, e.g. healthcare, dental , hospitalization, accident or life insurance, financial assistance, e.g. mortage interest subsidies, rental subsidies, staff discoung, education subsidies, personal needs, e.g. holidays and leave with pay chold care, fitness and facilities, use of holiday house, employee shares purchase plan, company car etc. welfares.

3.1 What is HR's role in corporate social responsibility?

The HR function should help formulate and achieve environmental and social goals when also balancing these objectives with traditional financial performance metrics. The HR function can serve as a partner in determining what is needed or what is possible in formulating corporate values.

At the same time, HR should play a key role in ensuring that employees implement the strategy consistently. For example, encouraging employees, through training and compensation to find ways to reduce the use of environmentally damaging chemicals in the products, assisting employees in identifying ways to recycle products that can be used for play grounds for children who do not have access to healthy places to play designing a company's HRM system to reflect equity development avoid well-being , thus contributing to the long-tem health.

How HR policies shape the workplace and how HR can improve employee well-being through better working conditions and more positive workplace a cultures. Top-management can encourage particularly supervisory support, also has been identified as key to employee environment actions. In addition, adopting HRM and communicating a pro-environmental image can have a positive reputational effect. This helps to staff , the company leading to lower recuitment and training costs and a better financial bottom line. In fact, in some cases, a pro-environmenal stance may be more important to potential employees. It can help a company address wider social problems that are affecting not only its external community, but also the company's financial bottom line. For example, The US postal service employees participate in more than 80 cross-functional teams across the US do drive energy reduction and resource conservation. These teams helped the postal service reduce energy, water, solid waste to landfills and petroleum fuel use as well as recycles more than 222000 tons of material. Thus, HR-related activities that can support , such as reponsible workplaces, human rights, safety practices, labor standards, peformance developments, diversity, employee compensation and more.

3.2 Human resource role in Hong Kong business environment

Andy, W.C. el.(2002) indicated that economic downturn which began in early 1998 had dramatic effects on Hong Kong's prosperity and increasing rates of Gross Domestic Product, especially during the 1990s and the early years of the 21st century. In late 2002s, Hong Kong's unemployment rate stood at 7 per cent and showed no immediate prospect of diminishing. This has huge implication for human resource professionals and especially for their training, as managers of the organization's most precious resource, its people. Moreover, downsizing and consequent increases in the rate of unemployment were logical consequences of this process.

However, Hong Kong's strengths in finance, trade, services and tourism provided benefits from the effects of these recessionary forces. But, Hong Kong was faced with the poor of dealing with the human resource implications and other aspect of workforce reduction. Hence, it explains why HK organizations need to consider HRM functions as part of the acquisition, development , motivation and maintenance of human resources in order to bring direct relevance of the strategic decision-making on which profits and productivity depend.

Human resource management is focused on the development and application of policies in relation to human resource planning, recruitment, selection, placement, and termination, management education , training and career development, terms of employment and methods and standards of remuneration, working conditions and employee services, formal and informal communication and consultation through employer and employee representative at all levels, negotiation and implementation of agreements on wages and working conditions , as well as procedures for the avoidance and settlement of disputes and the creation of a fairer and more equitable workforce in which discrimination in any form is viewed as unethical behaviors.

HRM responsibilities include to conduct research into local wage levels to ensure the firm's reward system is competitive with those in other companies, devising remuneration systems to excite or encourage or persuade workers into enhanced effort and efficiency, administering superannuation schemes, e.g. retirement welfare plan, and advising employees about their pensions, maintaining personnel records and statistics, preparing accurate job descriptions and other retirement documentation, implementing health and safety regulations, accident prevention and the provision of first-aid facilities, e.g. safe construction site environment, designing and evaluating management training and development schemes linked with succession planning and developing and implementation systems with facilities organizational communication.

Role of HR manager includes the control function, such as analysis of key operational data in human resource areas of labor turnover, wage cost, absenteeism, monitoring of staff performance (staff appraisal) and recommending appropriate remedial action to managers; the advisory function offers expect advice on human resource policies and procedures, e.g. which employees are ready for promotion, who should attend a certain training course, arrangement contracts of employment, health and safety regulations etc. related human resource related issues.

The future role of HR manager needs to concern to adopt an international insight in their work, growing concern for the application of ethical approaches to human resource management, implementation of equal opportunity , data privacy, and arranging flexible working models, such as job sharing, job rotation, permanent part –time work, increased awareness to encourage or persuade for effective employee participation in company production systems in order to achieve raising efficiencies and effectiveness, concerning the consequences for HR management of the ageing workforce discussed issues, such as prolonging / shortening working age or shortening /prolonging retirement age policy, participating legal system in human resource issues, including laws on hiring , dismissing, equal opportunities, age, country discrimination conduct of industrial relations.

HR planning can help management in making decision in the following areas: recruitment. , avoidance of redundancies (increasing labor turnover, training, management and development, estimates of labor cost, productivity bargaining, raising effectiveness or efficiency , accommodation requirements. In order to achieve company's maximum benefits purpose, HR planning needs continuous readjustment (annual review) , because the goals of an organization are subject to change and its internal and external environment is uncertain. It is also complex because it involves to many independent variables, e.g. increasing skillful immigration job seeker number to compete in the country's local labor market or decreasing skillful labor, e.g. computer programmers, doctors, accountant, lawyers etc. occupation professionals sudden emigrate to other countries to seek jobs, consumer demand increases or decreases to the product. Hence , it must include feedback because if the plan can not be achieved, the objectives of the company will have to be modified so that they are feasible in human resource terms.

The human resource plan process to one company is a cycle process. The first step may include that it needs to follow issues from corporate plan's strategies and objectives. The main points to be considered such as capital equipment plans, reorganization, e.g. centralization or decentralization, how to change in product or in output, marketing plans and financial limitations.

After it gathers the company's corporate strategic plan data. Then, it will implement its second step. This step may include three aspects:

How to achieve the reasonable present utilization of human resources in particular: numbers of employees in various categories, estimation of labor turnover for each grade of employee and the analysis of labor effects of high or low turnover rates on the organization's performance, amount of overtime worked, amount of short time, appraisal of performance and the potential of present employees and general level of payment compared with that in other comparable firms. All these HR related data is essential to be recorded in accurate attitude.

The external environment of the company analysis, such as recruitment position, population trends, local housing and transportation plans, government policies in education and retirement.

The potential supply of labor analysis, such as effects of local emigration and immigration, effects of recruitment or redundancy in local firms, possibility of employing categories not now employed, for example outsource employees number, part time and semi-retired workers number and changes in productivity , working hours.

The final step is that HR planning needs to be

achieved. It includes recruitment/redundancy program, training and development program, industrial relations policy and accommodation plan. The issues will appear in this plan, such as jobs which will appear, disappear or change, to what extent redeployment or retraining is possible, necessary changes at supervisory and management is possible, necessary changes and supervisory and management levels, training needs, arrangements for necessary and details of arrangements for handling any human problems arising from labor deficits or surpluses , e.g. early retirement or other natural wastage procedures. Following , it needs to give feedback , what will be possible modification to company objectives to company's corporate level to review its HR plan whether it can achieve company's objectives and strategic aims.

Human resource manager can be one human resource relation consultant to give recommendation how the organization should be better equipped to cope with the HR consequences of changed circumstances, careful consideration of likely future human resource requirements could lead the firm to discover new and improved ways surpluses might be avoided, it helps the firm to create and develop employee training and management succession program, some of the problems of managing change may be foreseen or consultations with affected groups and individuals can occur at an early stage in the change process and decision can be taken and by considering all the relevant , options, rather than being taken in crisis situations, management can assess critically the strengths and weaknesses of its labor force and HR policies, wasting or excess of effort among employees can be avoided and coordination to worker's efforts is improved to raise efficiencies and productive effectivenesses.

3.3 HR role in bank industry development

What is human resource (HR) role in organization? What factors can change to influence HR? They include workforce changes, globalization, ethics, organizational growth, increased accountability. These factors can influence HR's role change in the organization. So , when you assume be one HR manager, you need to concern : How have you used you awareness of internal and external changes to guide the decision making of your stakeholders ,e.g. discussing the impact of trends in workforce skills with function leaders? Which of your knowledge , skill, abilities or other characteristics have been useful in consulting with stakeholders?
Hence, HR role needs to understand the organizational goals and the role each function plays, serves of a cross-functional bridge. Locates talent throughout the global organization, identifies and supports need for resources or training, advices core functions on how with adapts to organizational strategy. Moreover, HR leaders need own knowledge of other business functions and whose organizations' business influences specific actions by HR , e.g. understanding the type of experts needed by R&D and future trends for that need. Also, the HR leader needs to know which of whose knowledge, skills, abilities or other characteristics have been useful in repsonding to this challenge?
HR also needs to consider how its organizational functions. They

have disadvantges and advantages in order to achieve HR staff skill, talent to satisfy different departments' needs effectively and efficeintly. Organizational structure has three types: Firstly, functional type advantages of easy to understand, specialization develop economies of scale, communication within function, career paths, fewer people and disadvantages of weak customer or product focus , potentially weak communication among function, hierarchical structure. Secondly, product type advantages of economies of scale, product team cutlure, product expertise and disadvantages of regional or local focus, more people, weak customer focus. Finally, geographic type advantages localization, quicker response time and disadvantages of fewer economic of scale, more people potential quality control.

HR also needs to concern when it's company needs to implement outsourcing employment need rea third party contractors' successful outsourcing depends on choosing the right activities to outsource, cooperation of contractor's performance objectives with strategic requirements.

Confirmation of contractors' reliability, capacity, expertise and ethical behavior. So , when the organization feel it needs to employ outsource contractors. The HR has responsibility to lead and know how to apply whose ethical practices competency in contracting for HR services or performing , due diligence or organizational sourcing, e.g. taking steps to protect employee data. The HR leader or manager also needs to know which of his/her knowledge skills, ability or other characteristics has been useful in responding to this challenge.

Standard chartered had have good talent management strategies to train its staffs. The talent management at standard chartered bank (SCB) features include: Standard chartered bank has good performance appraisal or measurement strategy. By making it a global standard to conduct face-to-face performance appraisals every six months. SCB is reviewing its own performance management objectives to make sure that those objectives stay relevant and achievable. Being sensitive to different cultures by employing diffeent appraisal methods, also show that SCB understands the importance of managers and staff indentifying and dealing with real, actual problems in a way that is most familiar and effective to them. Through appraisal, SCB also classifies their employees into 5 categories ranging from high potentials to critical resources, then to core contributors, followed by underachievers and fainally underperformers. By identifying areas in which they are lacking and act.

What are the relevance HR problem to bring bank crisis to SCB. SCB view of employees as human capital in the organization, it could have at least mininimsed the less to a certain extent. For one, discussions between employers and still could have been more open and problem issues coulf have been identified at an earlier stage inefficiencies in the organization would have been uncovered , influence their performance against regional offices. In a way, having a certain amount of centralized control through talent management would also enable the monitoring of its offices globally.

What are performance appraisal aims? Performance appraisal is the measurement of the effectiveness of an employee's job performance. The process is described as the collection and use of judgements, ratings, perceptions or more objectives sources of information to understand better the performance of aperson, team, unit, business, process programme in order to guide subsequent actions and decisions. The resut or performance outcomes represent the contributions tht an individual's job performance makers to an organization and its goals.

Performance appraisal focus on measuring or appraising the job performance of a individual, e.g. use of surveys or rating focus to assess and evaluate employee behavior. It brings the either positive or negative feedback to the employee in the performance view and the new goals for the next performal period may be discussed.

3.4 HR role in India automobile industry

Human resource development (HRD) is the part of human resource mangement in any organizations. It deals with training employees in the organization when the industry feels it have need to upgrade skills to its staffs. It aims to let them to learn new skills distributing resources that are beneficial for the employee's task. For automobile industry in India example, India automobile sale companies will need effective HRD in their organizations if they expect to sell automobiles to global customers attractively.

Authors (May, June 2014) from internet essay indicated the India automobile sector is divided in four different sector which are as follow: two wheeler, which comprise of mopeds, scooters, motorcycles and electric two-wheelers passenger vehicles which include passenger cars, utility vehicles and multi-purpose vehicles, commercial vehicles that are light and material heavy vehicles and three wheelers that are passenger cerriers and product carriers.

Why do India automobile sale companies need to concern HRD? Authors (May, June 2014) indicated the automobile industry is one of the key drivers that boost the economic growth to India. However, the year 2013-2014 has seen a decline in the industry's growth . High inflation , high interest rates, low consumer sentiment and rising fuel prices with economic slowdown and rising fuel reason for the downturn of the industry.

Except for the two wheelers, all other segments in the industry have been weakening. These is a negative impact on the automakers and dealers who offer high discounts in order to push sales. To match the decline in demand, automakers need good skillful of automakers to manufacturers attractive automobiles in order to attract foreign automobile buyers to choose to buy themselves any kinds of automobiles.

Despite the comprehensive market being under extreme burden, the luxury car market has observed a robust double digit like during the year 2013-2014, as a result of rewarding new launches at lower price points. Hence, foreign robust luxury cars competitors influence India automobiles sale number to be reduced. Hence, India automobile manufacturers felt automobile manufacturing workers' skills need to be train or improve in order to manufacture more comfortable and good design vehicles to satisfy future global

automobile consumers' driving enjoyable needs.
In fact, India automobile industry employment opportunities will trend increase in the future with the number of vehicles available on the road today, the need and requirement for people who can fix these machines is fast increasing. The automobile jobs like automobile technician, car or bike mechanics are a great option. Becoming a diesel mechanic is also a significant alternative in India, autombile labor market. Diesel mechanics are responsible for repairing and servicing diesel engines. As they are also required to repaire engines of trucks and buses, other than cars. Even if communication with people instead of repairing cars in what interest to Indian, then Indian have opportunity of becoming a saleperson or sales manager in an automobile company. Career opportunities in automobile design, paint specialists, job on the assembly line and insurance of vehicles is also available.
Future India automobile industry employment trend is as the destination choice for design and manufacture of automobiles employers who need to automobile production skillful worker number will rise, because India manufacturing heavy vehicles, passenger vehicles, commercial vehicles automobile production skillful workers need number will rise.
Hence, India automobile sale employers will need have good human resource development model for the automobile companies, if they expect to raise automobile sale competitive effort in global automobile sale market. At the implementation level, India exectutives of the automobile companies need to strengthen their training, net working and more towards providing a satisfactory human resource development climate for its automobile industry vehical production, design, repaire, salespeople employees and suggest suitable changes and corrections in the policy decisions for management of automobile companies and policy makers. Hence, future HRD practices in automobile industrial organizations for India automobile companies aim to identify the HRD mechanisms implemented in the selected automobile companies to achieve the training function to be effectively managed in the automobile

companies in order to raise automobile sale competition effect in global automobile market.

3.5 Challenge of HR management

As a HR specialist, what are the challenges you may face and what HR intervention mechanisms would you consider using in an attempt to drive individual and organisational performance in a multinational company? Critically evaluate this question by utilising the appropriate academic literatures.

The challenges of the HR specialist when there engage in attempt of increasing the individual and organisational performances in Multinational Companies through developing a set of HRM best practices, especially relating to employee recruitment and selection, performance management and staff retention. Since the organizations are multinational number of concerns are arises such as dealing cultural issues with the organizational goals as well as individual goals. Furthermore organizational behaviors and tools such as engagement, motivation and empowerment are basically highlighted; without those it is merely a dream to achieving the business goals. Basically Multinational companies are aiming profits and there for individual and organisational performance are very vital for their existence.

HR has been organized in a different ways over the years. Some functions have emphasized delivery by location or by business structure. In these models an integrated HR team has serviced managers and employees at specific location or with in specific businesses units, with some more strategic or complex tasks reserved for the corporate centre. The degree to which these different arms of HR were centralized or co-located and the question of whether they were managed by the business unit varied. Within the HR teams, depending up on their size their might have been specialization by work area (especially for industrial relations in the 1960s and 1970s) or by employee grade or group (responsibility, say, divided between those looking after clerical staff from those covering production) The advancement of personal management starts around end of the 19th century, when welfare officers came in to being.

There are some organizations where HR is seen as a central, corporate function with little advancement to business units. Some other organizations position themselves in the opposite direction, with a very small corporate centre and all the activity distributed to business units. The question of best structure is how the function best organizes itself between the pulls of centralization and the pushes of decentralization.(The changing HR functions)

The HR assumptions and HR practices observed in high performing firms are the key elements to the formation of the Best Practice theory. Employment security, selective hiring, self managed teams, high pay contingent on company performance, extensive training, reduction of status difference, and sharing information are the key element of the theory. However less concern about the organisational goals and culture are given as draw backs for the theory.

According to the "best fit theory" a firms that follows a cost leadership strategy designs narrow jobs and provides little job security, whereas a company pursuing a differentiation strategy emphasizes training and development. In other words this argues that all SHRM activities must be consistent with each other and linked to the strategic objectives of the business. HRM uses various technologies to direct employees behavior towards objectives and tasks that deliver approved organisational performance. Many organizations try to frame these 'levers' with an overall performance management system, and attach incentives and rewards to achievements of objectives and targets within this. HR will need to reduce employment expenses to help organizations to save income. Direct costs include: Recruitment costs (advertising, admin, etc),Induction/training costs,Other admin costs associated with new hires,Overtime/ cost of temporary workers,Reduced productivity cost etc. which are related to HR expenses.

In conclusion there is evidence to suggest that including the practice out line within this organisational behaviours and tools can used to drive organisational and individual performance in

Multinational companies. It is essential to have suitable recruitment and selection process, performance Appraisal System and ataff Retention plan to ensure the right people, In the right place, at the right time with right attitude. Training and development is also vital to improve HR performance. In addition HR Specialists role will be more specific when these techniques applying in to multi cultural environments where people perceptions and behavioral patterns are different from each other.

3.6 The nature of the employment relationship

John, B. & Jeff, G. (6 edition, 2017) indicated Human resource management defines a distinctive approach to employment management, which seeks to schieve competitive advantage through the strategic deployment of a highly committed and capable workplace using an array of cultural, structural and personnel techniques. Also, human resource management is a strategic approach to managing employment relations which emphasizes that leveraging people's capabilities and commitment is critical to achieving sustainable competitive advantage or superior public services. This is accomplished through a distinctive set of integrated employment policies, programmes and practices in an organizational and societal context. Moreover, human resource management underscores the importance of people, only the " human factor" or labor can provide talent to generate value. It should draw attention to the notion of indeterminary or uncertainty, which devices from the employment relationship: Employees have a potential capacity to provide the added value desired by the employer. It also follows from this that human knowledge and skills are a strategic resource that needs investment and skilful management. Moreover, in the environmental change factor influences to any organizations need to provide a role for HRM in improving an organization's performance in terms of overall sutainability.

What is the nature of the employment relationship ?
The nature of the social relationship between employers and the social relationship between employees and employer is an issues of central analytical importance to HRM. The employment relationship describes a relation between employees (non-managers and managers) and ther employer. Through the employment contract, inequalities of power structure both economic exchange (wage or salary) and the nature and quality of the work performed whether it is routine or creative. They can be short-term, primarily but not economic exchange for a relatively well-defined set of duties and low commitment or they can be complex long-term relationships defined by a range of economic inducements and relative security of employment, given in return for a set of duties and a high commitment from the employee.

Airline services: the demands of emotional labor of employment relationship between airline and airline staffs.
Positive emotion at work offers an apparent win to win situaton for airline organizations and individuals as it suggests that if a job or work is correctly designed, individuals will feel better and perform better. What was once a private act of emotion management is sold now as labor in the public contract jobs? What was once a privately negotiated rule of feeling or displaying is now set by th airline company's standard practices division. However, such as airline service waiter job, a private emotional system has been subordinated to commercial logic and it has been changed by whose airline employers.

3.7 HR role in business maximizing efficiency method

John , H. (2013) described the work of police officers, we might dicuss the functions of preventing crome and catching criminals, the practices of patrolling, filling in report forms, breaking up disturbances, making arrests, and the qualities of commitment service. He also indicated police work is much more complicated than the brief suggestions and management work (including the management of police work) is much more complex still. It is hard to describe the functions without detailing the practices or to make sense of the practices without involving the functions.

John, H. (2013) defined characteristics of management is responsibility for an organization or organization unit and for the work of its members. The unit might be anything from a small retail outlet with one or two shop assistants to large corporation with tens or even hundreds of thousands of employees, but most managers are directly responsible for managing the organization of a managabe number of people, typically between two and twenty and of the various processes in which they are engaged. So, we have sales managers and production managers and marketing managers and IT managers etc. organizing the work of specialists. The at the level, of the business unit or agency or regional subsidiary, we have general managers whose jobs is to organize and cooordinate the work of different specialist groups.

Maximizing efficiency method

Maximizing efficiency was a work study or time-and-motion to be exercise designed to calculate how the work could be most efficiently carried out. This involved the analysis of dfferent possible divisions of different possible tasks of labour into specialized tasks. The optimization of the tools and machines, and the optimization of the physical movements, required to operate them, assuming workers well suited to the specified tasks concern. The optimized system would then be condified so as to become a standard requirement to be implemented with absolute regularity, so that the whole workplace operated as a machine. Workers would be selected with the skills and strengths to perform each specialised task, and trained to follow the standard procesures. They would be fairly paid for what was scientifically established to be a reasonable level of peformance (assuming they were well pay introdiced, to encourge over- performance and punish (underperformance). Both owners or employee would benefits.

It indicated conclusion was that output was determined less by working conditions or incentive systems than by the informed social pattern of the work group. Feeling mattered and wherever managers took a personal interest in the workers, made them feel important and generated mutually supportive and cooperative environment, output are enhanced management. It seems was not about mechancial optimization processes, but about leadership and team dynamics. The management characteristics were however critical and with some rearrangement they can be summarized as follows: A strong people orientation, every body is treated s part of the team and just as an replaceable resource, flexibility and teamwork value driven value system is through the company.

3.8 six situation factors can influence management's choice of HR strategy

Beer , M., et al. (1984) explained that HRM and the issue of management goals and specific HR outcomes. The Harvard framework consists of six basic components as below:
Beer, M., et al. (1984) indicated these six situation factors can influence management's choice of HR strategy. Firstly, situation factors include workforce characteristics, business strategy and conditions, management philosophy, labor market, unions , task technology , laws and societal values. Any one of situation factor can influence management's choice of HR strategy. The situation factor can bring influences to other two components. Stakeholder interests component means shareholders, management, employee groups, government, community, union as well as human resource management policy choices component, it means employee influence, human resource flow, reward system and works systems. It emphaises that management' decisions and actions in HR management can be fully appreciated only if it is recognized that they result from an interaction between constraints and choices will be influenced by situational factor component and shakeholder interests components and long-term consequences component influences.
The human resource management policy choices component will influence the human resource outcomes component, it includes commitment, competence, cost -effectiveness. It means that it

needs to understand the importance of management's goals, the HR outcomes of high employee commitment and competence are linked to longer term effects on organizational effectiveness and societal well-being.

The assumptions are built into the framework are that employees have talents that are rarely fully utilized in the workplace and that they show a desire to experience growth through work. The, the human resource outcomes component will influence the long-term consequences component. It includes individual well-being, organizational effectiveness and societal well-being . The long-term consequences distinguish between threee goals: individual , organizational and societal. At the level of the individual employee, the long-term HR outputs comprise the psychological rewards that workers receive in exchange for their effort. At the organizational level, increased effectiveness ensures the survival of the firm. Ath the societal level, as a result of fully utilizing people at work, some of society's goals (for example, employment and growth are attained.

Finally, the sixth component is a feedback loop component, it is through which the outputs flow directly into the organization and to the stakeholders. However, long-term outputs can influence situational factors, stakeholder interests and HR mangement policy choices in cycle two way relationship.

3.9 Knowledge management at hotel industry

Hotels' realization led to the design and implementation of a computerized knowledge library that was accessible to every site manager in every hotel across the Australia/South pacific/ South East Asia region. The system was designed to initiate a long-term knowledge-sharing culture by making it easier to share value-added practices and processes, thus reducing wastage of time and resources through replication.

The problem- The knowledge library operated as a two way system whereby managers could both add ideas or effective innovative practices and find solutions to some of their own operational problems that demanded new ideas or innovation. To simplify its use, the system was designed to store ideas by hotel function (that is food and beverage, housekeeping etc.) with both functional and key word search tools available , knowledg transfer was considered to have occured once an idea had been implemented at another site. Hotel management realized that they would need to create support systems to motivate sharing between the sites and geographical regions. This opened up an opportunity to achieve the desired knowledge, sharing actions and behaviors. Throughout the performance management system, as a result, for each site manager to pass their annual performance review, they had to retrieve a minumum of two ideas from the system and implement these in their hotel, as well as add two ideas to the system for others to be able to access and use.

The idea that the hotel different site managers' knowledge and expertise can play a strategic role in achieving competitive goals to expect to achieve a strategy results in superior performance, or a competive advantage. Achieving high performance, improving employment skills, pay-for -performance, profit sharing, performance appraisal, teamworking, job evaluation, information-sharing, employment security, selective hiring, self- managed teams or teamworking, high pay contingent on company performance, extensive training, reduction in status differences, information sharing(knowledge management) benefits.

3.10 Manpower planning role in business

Manpower planning (workforce planning) means personnel and HR managers need to ensure that necessary supply of people was forthcoming to allow targets to be met. In theory at least, a manpower plan could show how the demand for people and their skills within an organization could be balanced by supply. The idea of a balance between demand and supply reflects the influence of the language of classical labor economics, in which movement towards an " equilibrium" serves as an ideal.

The utilization, improvement and preservation of an organization's human resources. The four stages of the planning process may include: the first stage is an evaluation or appreciation of the existing manpower resources. The second stage is an estimation of the proportion of currently employed manpower resources that were likely to be within the firm by the forcast data. the third stage is an essessment or forecast of labor requirements needed if the organization's overall objectives were to be achieved by the forecast date and the fourth stage, it needs to measure to ensure that the necessary resources were available as and when required that is the manpower plan.

There were two main reasons for companies to use manpower planning. To develop their business objectives and manning levels and to reduce the " unknown" factor. Firstly organization implements strategy and targets, it brings organization practices and methods, it brings manpower review and analysis (internal and external factors) , it brings forecast (demand and supply), it brings adjust to balance (recurit, retain and reduce).

Way of working includes: annualized hours, working time organized on the basis of th number of hours to be worked over a year rather than a week; it is usually used to fit in with peaks. Compresses hours, which allows individuals to work their total number of agreed hours over a shorter period. Flexi-time, employees have a choice about their actual working hours, usually outside certain agreed core times. Home working, either on a fully time basis or an a part time basis where employees divide their time between home and office. Job-sharing , which involves two people employed on a part time basis but, working together to cover a full time post. Shift-working , giving employers the scope to have their business open for longer periods than an 8 hour day. Staggered hours, employees can start and finish their day at different times. Term-time working, employees can take unpaid leave of absence during the school holidays.

Recruitment, selection and talent management stages include: Internal factors and external factors bring to workforce planning staffing needs options: internal via external brings to recuritment attraction via sources brings to applicant pool brings to selection assessment brings to job performance measurement brings to job analysis brings to workfoce planning staffing needs opinions in cycle processing again.

Capable people who will apply for jobs within a organization. First, there is a need to attract people's interest in applying for employment. It implies that people have a choice about which organizations they wish to work for, even though during times of recession such choices might be limited. People may be capable of fulfilling a role in employment, but the extent to which this will be realized is not totally predictable. How capability is understood is increasingly determined by an organization's approach to talent management and development.

Under different labour market conditions, power in recruitment process will change between buyers and sellers of labour, the employers and employees respectively. Thus, in conditions of recession, employers are likely to reduce recruitment budgets and costs, paying more attention to developing the talent that has already been employed.

Online recruitment

Budgetary factors will also affect how recruitment channels are used, with more use of online recruitment. For example, the ageing profile of the workforce around the world requires an adjustment of recruitment policies, the use of the internet and agencies for recruitment reflected to younger applicants, whereas older workers were more dependent on formal channels of recruitment, such as newspapers and journals. In addition, there have been many more graduates leaving university, and graduate employment is becoming very competitive. Many graduates will take longer to find employment that matches ther skills. This might affect perceptions of the value to be gained from studying for a degree compared with the price of a degree.

There is a difference, however, in what recruiters think is important to this generation and what the generation itself thinks . Although HR policies will be designed to achieve particular organizational targets and goals, those policies will also provide an opportunity for individual needs and be satisfied . This view assumes that a fit between a person and the environment can be found so that their commitment and performance will be enhanced.

This an indication that the person to environment fit includes a person to organization fit, person to group fit and person to environment fit. If there is a match between the values within each of those areas expressed by the organization at th recruitment stage. The organization and the new recruits have a clear employees and can therefore manage those expectations.

HRM could help to shape the direction of change, influence culture and help bring about the mindset that would decide which strategic issues mre considered. HR considerations, including the results of a review of the quantity and quality of people, the goals , objectives and targets whether they can achieve performance in an organization and for how work is organized into roles and jobs.

There has been a rapid growth in online recuritment , e-recruitment. As a result, organizations are advised to consider the design of websites and the terms that applicants might use to carry out job and vacancy searches. The usability of a company's wesite affects an applicant's perception of a job, with a focus on hyperlinks and text rather than graphic images and navigation links. However, issues with e-recruitment , including the one-way communication system, the fact that it is impersonal and passive, and the fact that it creates an artificial distance between the individual and the company.

recruitment agent

However, once a recruitment strategy has been formed, an organization might outcomes its implementation to reduce costs and take advantage recruitment expertise, especically a large number of staff are recruitment. Recruitment agents act as "labor market intermediaties" between individual recruits and recruiting organizations. Financial service organization assessment and measurement of creating customer service performance indicators include as below:

Anticipating customer needs and planning accordingly, identifying the customers who will be of value to the company, recommending change to current ways of working that will improve customer service, arranging the collection of customer satisfaction data and acting on them. The analysis and definition of competencies should allow the identification and isolation of behavior that are distinct and are associated with competent or effective performance. On this assumption, the assessment of competencies is one means selecting employees.

Recruitment channels may include walk in, employee referrals, advertising, particularly online job boards, websites, labour market intermediaries, such as social media , social professional networks, recuritment agencies, educational associations, professional associations.

job description

Job description includes job title, department, reponsible to , relationships, purpose of job/overall objectives, specific duties and responsibilities, physical and economic conditions as well as personnel specification includes physical characteristics, general intelligene, specific attitudes, interests, impact on other people, qualification and experience, abilities, motivation. Both job description and personnel specifications have been key elements, it replies too much on the analyst's subjective judgement in identifying the key aspects of a job and the qualities that related to successful performance.

Selection

An organization wishes to recruit new employees to define criteria against which it can measure and assess applicants. Increasingly , such criteria are set in the form of competencies composed of behavioral characteristics and attitudes. Organizations have become increasingly aware of making good selection decisions, as selection involves a number of costs include: the cost of the selection process itself, including the use of various selection instruments, the future cost of training new staff , the cost of labor turnover if the selected staff are not retained.

There are good reasons why organizations need to consider the reaction of applicants to selection methods. If the selection is viewed as the attraction of the organization may be diminished, candidates who have a negative experience can dissuade others, a negative selection experience can impact on job acceptance , selection methods are covered by legislation and regulations relating to discriminaton, mistreatment during selection will put off future applicants and may also stop applicants from buying the organization's products or using their services.

3.11 role of HR technology

What is the role of technology in Human Resource Development? Identify some key forms of e-learning and critically evaluate their advantages and disadvantages, providing appropriate examples from organisations. It will define what Human Resource Development is and why it needs technology. Also it will discuss what electronic learning (e-learning) is, and will explain some key forms of e-learning and why we need to use e-learning. It will give a brief indication as to what technology actually is, and also the progression of technology. The essay will critically evaluate the advantages and disadvantages of using e-learning in Human Resource Development. There will be appropriate examples used to show how different organisations use e-learning within their company/organisation. Finally it will offer conclusions as to why I think technology should or should not be a part of Human Resource Development.

Why does HR development need technology?

Technology is always progressing and this is very good for companies who need or even sell technology. If we look at how a few years back within companies the secretary would need to file documents manually and this could take a long time, also apart from the time issue there were more serious problems like documents going missing or being damaged. This is where technology began to progress because there was a new technology progressing and this was the database and this could hold all the documents you needed safely onto the computer and that way it would be a lot faster and more secure for the secretary to file the documents. This is just one example there are many more ways in which technology has helped to progress companies. The example given here is just to show that technology is progressing and it will keep progressing much further in the future years to come.

Human Resource Development is all about learning, training, developing and education the employees in the workplace. There is a difference between these four concepts but there all correlated. If for example we looked at learning; this can be learnt anywhere and you can be learning yourself the new skills, but on the other hand if you looked at education you are being taught something but in a formal way but the two are linked because from both of these you are learning new skills and then you can go on to training and developing them skills.

HRD was not always known as this, there was a shift from welfare officers to HRD. HRD was initially set up for training and development and this was to help the employers in crafts such as electricians, or engineers as an example and from this they would be learning from their masters and will be developing their skills to be able to perform in the workplace. HRD created an integration of people management and development and this could become CIPD which stands for the chartered institute of personnel and development.

HRD likes to be strategic and is more for the organisation than the employees; it is also a long term method to help to build the company. HRD does like to implement change into their methods and this is why e-learning will be very convenient to help within organisations because it is constantly changing and this change would help employees improve on their learning and training and will be able to implement new skills within the workplace.

Why does HR needs e-learning in organization? Firstly before I go into detail about how e-learning helps HRD perform you will need to know what e-learning actually is. E-learning used to be known as computer-based learning, this is basically what it still is, it is a way of learning but on a computer or even these days there is even m-learning which is through the mobile. We need e-learning in everyday life to be able to adapt the required skills in education, employment, even at home. It can be defined as any learning activity supported by information and communication technologies which is known as ICTs. There are arguments out there concerning the labels, an example of this is whether ICT-based learning is the same as e-learning, we can gather information from the world wide web channel and this would be our online materials, but we can also get materials from this intranet would could be confused as being from the world wide web but instead this material is delivered through an internal network of personal computers. E-learning is in fact taken to mean any form of electronic technology which can support learning this can be opposed to the chalk and blackboard technology which used to be the main form of learning.

3.12 Why is HR strategy important to influence organizational success?

In organizational level, humans do formalize strategies as a function to direct and focus their efforts. However, in a business organizational (a firm), such efforts will focus on creating value for profit. In fact, the environment is a market with limited resources and therefore it causes competition exists. This environment mght be more or less stable, but it is in constant change.

HR Strategy will become a systemic and rational act, a process that can be managed in order to successfully attain in the golas of the firm. HR Strategy can divide these three kinds. Firstly, a HR plan is intended to achieve a particular purpose and to develop a HR strategy for dealing with unemployment. It is overall HR strategy to gain promotion. For government (public organization's economic HR strategy example. Seondly, it is the process of HR planning or putting a HR plan into operation in a skillful way. Finally, for war strategy, it is the skill of HR planning to be trained to the movements of armies in s battle or war. An example, of military HR training strategy, defence, strategies compare tactic.

However, nowadays, business organizations need " office of general", " command" , " generalship" skilful actions, leadership and leading warefare from one leader, such as CEO who have any effective HR strategy to manage staffs and tasks as well as leading them to serve their organizations successfully. So, an effective HR strategy can give good HR planning direction to let the organization to know whether it ought need how to do in order to achieve its HR development goals successfully.

An effective HR planning direction can achieve the organizaton's HR allocation goals more easily. For example, knowling how it can use of common resources (e.g. available human and technological resources). A basic HR strategic advantage tool win and prevail over rivals in the market comes from th differentiated used of such resources.

In beverage competitive industry example, Coca-Cola soft drink organization example, it was still keeping its predominance in the beverage market product " Coke", Pepsi Co was advancing fast on the base of a successfull "image" HR strategy targeting the youngest segment of the beverge market under the taste of the new generation. So, it can select to employ more young workers to work in its organization in order to persuade many youngest soft drink customers to believe it is one young soft drink health drinking company. By 1983, Pepsi had begun to outsell coke in supermarkets when coke maintained its edge only through soda vending machines and fast food restaurants. Although, different marketing strategic breakthrough by far unexpected. It follws all time successful formula of coke. In 1985, the " New Coke" was introduced after an extensive study of market trended, surveys, focus group and taste tests strategies. In these survey investigation process, it must need to employ many part time or full time questionnaires staffs, they can include students, housewives, freelance workers, unemployed workers. So, HR department needs have enough time to select the right applicants to finish the whole questionnaire investigation project efficiently and effectively. The

HR arrangement need to gather information to conclude this goals, such as how to design the new formula (or taste) was based on a different (lower cost) source of sugar, high fructose corn syrup to replace cane sugar. All of Coca (the plant from which comes the allealoid cocain) derivates were also removed from the old formula. So, how to design the taste is the main survey information gathering aim. Also, how HR arrangement which can have enough questionnaire staffs to carry on gathering information from the taste tests in the limited time to achieve to finish the taste test questionnaire project efficently and effectively.

What are HR strategic benefits? They include: It can assist an organization to protect its HR capital base. It is a well accepted business principle, it can also help the organization to extend this notion to the world' natural and human resources, it can help leaders to plan and measure HR employment and reward and welfare and performance management systems of business enterprises more accurately, it can help business leaders to do the best balance between narrow self-interest and actions takes for the good of unemployment or creating more opportuniy solution benefit in society as well as they can do actions in pursuit of finanaicl survival more easily.

Why can HR strategy help organizational change in success? Knowing the importance and implication of organizational change and admitting the fact that organizatonal change success and leader / leadership can play a key role in bringing and implementing these changes by deciding the desired form of an organization and taking the potential steps which are needed for the process. So, when one organization has one good HR strategy, it can assist its organization to change more people and non-people resources effectively and efficiently.

Why do organizations need to change HR strategy? Nowadays, dynamic business environments influence organizations that respond quickly and effectively to constant change. A dynamic enterprise has two important tasks. It must adapt the current business environment, e.g. people skillful shortage in the industry into a shared HR strategy and then quickly and effectively to employ talent people or potential people to do the skillful job for its organization.

Reference

Andy, W.C. and Barry, J. B. and Wai, M.M. (2002) , Managing human resource in Hong Kong, Hong Kong: Thomson, p.6

Source: The harvard model of HRM

Beer , M., specter, B., Lawrence, PR. and Mills, D. Q. (1984). managing human assets. New York: Free press.

John, B. & Jeff, G. (6 edition, 2017). Human resource management theory and practice, Palgrave, Macmillan publishers ltd. UK , London,pp.4-5

John, H. (2013) managment a very short introduction, Oxford university press, UK, pp.11-13

Sources

http://info.shine.com/industry/automobiles-auto-ancillaries/2.html retrieved on 14 th May 2014

https://www.kpmg.de/docs/auto-survey.pdf retrieved on 17 th June 2014

CHAPTER IV

Training and Learning

What are the technique sector to solve above aspect of problems to HR?

John, A (2018) identified the major problems relate to HR personnel management, they include that selection of personal problem aspect, he explained that even if one knows precisely what qualities are required of man to do a given job well, it is still difficult to determine whether any given candidate has these qualities. On training problem aspect , he indicated that the cost of training staff is rapidly increasing, due largely to the increasing level of skill needed to operate modern equipment in the factory and office. Poor training will bring low earnings, high proportion of scrap production, mistakes, accidnts results. Finally on salary and wage structure aspect, paid problems concern complaints of unfairness in the wage and salary differentials between levels of age, or skill, or between sections of the company.

What are the technique sector to solve above aspect of problems to HR? John, A (2018) explained that productivity bargaining, job evaluation, consultation and management by objectives techniques can be attempted to solve human relation problem; aptitude tests, intelligence tests, manpower planning, personality tests techniques can be attempted to solve selection of personnal problem; needs analysis, programmed learning, business games techniques can be attempted to solve training problem; productive bargaining, job evaluation, merit rating, incentive schemes, salary progression curves, time span of discretion techniques can be attempted to solve salary and wage structue problem.

John, A(2018) , he explained that how to apply the aptitude test to solve selecting personnal problem. He assumed that increasing technology needs an ever larger number of skilled and semi-skilled employees in almost every field of industry , e.g. machines and processes are more complex to operate and maintain, computers must be programmed. However , training employees to the new higher standards is expensive and it is becoming increasingly important to select any those who will be able to reach the necessary standard. One way to determine whether a candidate will satisfactorily complete his training to be test his aptitude for the proposed task before his/her training starts these kinds of aptitude tests as below:

The technique consists of analysing the physical and mental skills required to perform the task successfully and then estimating each candidate's aptitude in these by means of special tests. Typical examples of the testable skills are: mannual desterity, ability to understand complex progress for chemical plant operators, mental aptitude for system analysis. Also standard training tests are now available for estimating certain aptitudes and where exist little training is required to give a test to a candidate. The training test is often a highly specialised job. Usually it will be able of someone in the personnel department to use this training test technique, but executives should be aware of its existence. Aptitude test advantage concerns buying a standard test is low, but the cost of having are specially prepared by an expert can be high. The training required to use them and interpret the results is slight. For some of the standard tests the correlation between those failing the test and failing a achieve the necessary standard of skill after training is good, i.e. substantial savings in training costs can be made by unsuitable candidates before spending money on their training.

John, A(2018) explained that how to apply brainstorming technique to generate new ideas. He assumes that new products have appeared on the market an ever-increasing rate, that is to say many product life-cycles are declining. So, new ideas in advertising in display in production technique to HR development is needed . Many companies are finding that their employees think creaively. They begin to the problem is that most employees not only fail to think creativity, but tend to use the old product, old market

, outlets, old methods and old equipment for as long as possible habitually. He indicated that brainstorming strategy is a way of promoting new ideas. The usual method is for six to fifteen people need to meet for half an hour and propose answer to a question from the session leader. The questions may be that how many ways, we could increase sales of product (x), how many new market , we can think for product (y), in what ways we can redesign product(z). Hence, each member needs to present and they can be drawn from all levels and from any departments in the company. The leader speaks his/her idea to let the every member to listen and no one is permitted to criticize this idea, his/her idea provokes member to think of another.

Eventually, several ideas may be developed into one that is entirely new. Only when the session has ended do they start the rational process of determining whether the ideas can be practises or not. Then, any promising ideas can be subjected to " reverse brainstorming" in which the question in how many ways might this idea fail? is asked. Hence, brainstorming technique is good training to let staffs to create new idea method.

John,A (2018) explained that intelligence test can be applied to select the right man for the job. he assumed that this problem of one of the requisites for any job is a minimum level of intelligence. How can this be measured? He explained that intelligence tests intelligence tests consist usually of a long list of questions to be answers and problems to solved within a set time. The number of questions answered correctly within this time is an indication of IQ of the candidate. Some training is required to apply an intelligence test to a candidate and to interpret the results, even when the test used is one of the well known standard ones.

How to design a test of this sort is a highly specialised job. All personnel officers should know about this technique and in large companies it may be desirable to train one officer in their use. Its advantages include cost is low, it only takes an hour or to test one candidate or a group of them. The effor is hotly debated. Without doubt these tests accurately measure IQ is a large proportion of cases.. In particular they can indicate whether a candidate has a very high or very high or very low IQ , although some doubt exists as to their accuracy in the middle ranges. Howeve, the real debate concerns the accuracy of the results so much as their value. For IQ is said to be a measure only of a certain type of intelligence and not a guide to other types which may be more relevant to industry. Psychologists would certainly agree that an IQ test must be supported by an impression formed of the candidates ability in other ways, such as at an interview.

John , A(2018) indicated that a clear job description is needed to define what each employee is to do. In some companies , the employees have not been told exactly what their job is, with the result that sometimes two people attend to the same task neither knowing whose responsibility it is, or some task is not carried out at all, each man believing that someone else is attending to it.

In large organizations this can lead to cause the company has intense frustration and annoyance to individual employees. The job description technique is simpe, the supervisor writes a description of each job, specifying each major activity as accurately as possible ans limitations. Very little training is requires, but obviously it is necessary for someone with a fairly detailed knowledge of the company to draw up such descriptions. This is usually done by the supervisot of the job cooperation with the present jober. It needs seldom take more than half an hour of two people's time to write out a fairly comprehensive description of any job. It's content may include job title , tasks , authority, superior, committees, limitations.

John, A (2018) explained that job evaluation is one effective method to select the right rate of pay for each job. He assumes that the all levels of wage or salary earners is the differential in rate of pay or between one job and another. How much more should the driver of a bus get than the conductor, how much most should a crane driver get than a fork life driver, how much more should a manager get than a foreman?

The first step in job evaluation is to carry out a job description for on can not evaluate a job unless each of several headings according to the requirements of the job. Headings according to the requirements of the job. Headings used often include such aspect as: skill needed to carry out the job, possible effects of carelessnessm number of months experience required to each proficiency, working conditions, including any unpleasant circumstances, such as excessive, temperatures or dustiness. Each job is evaluated in this way and then arranged in order of ascending total points into financial terms. For example, the dockside crane driver, process plant operator, canteen cleaner job's maximum points possible may include headings of skill (10), effect of carelessness (20), experience required (10) and working conditions (10) , maximum points possible.

John , A (2018) explained joint consultation is the effective method to improve human relations. He assumes that a large company feels junor employees who feel that nothing they can do will have any effect, and the top management is indifference to them or their happiness. The result is sometimes indiscipline and always indifference towards the company, its products, its reputation, its managers. Joint consultation is one effective employee engagemen method , which is one way of drwing junior employees into the company and making them feel part of it it to allow them or encourage them to participate in management decision making or at least to discuss with them the consequences of mangement decisions. Many of decisions that managers take are highly technical and need great skill, long experiences and the use of time very advanced management techchniques, e.g. capital expenditure appraisal is on such area. However, many decisions are more of a moral nature or affect employees more than they affect the company. Thus, joint consultation advantage can make a systematic attempt to consult with the employees to seek their opinions, ideas, reactions.

4.1 What are on-job training advantages?

On -the-job training means that having a person learn a job by actually performing it. Virtually every employee, from mailroom clerk to company president, gets some on-the job training when he/she joins a firm. It usually involves assigning new employees to experiences workers or supervisors who then do the actual training.

Coaching or understudy method means that the employee is trained by an experienced worker or the trainee's supervisor. At lower levels, traines may acquire skills for, e.g. running a machine is observed by the supervisor. Top management level, to the position of assistant is often used to train and develop the company's future top managers.

Job rotation, in which an employee usually a management trainee, moves from job to job at planned schedule. Special assignments similarly, give lower-level executives firsthand, experience in working on actual problems. Its advantages include relatively inexpensive trainees learn when producing and there is no need for expensive off-job facilities like classrooms or programmed learning devices. The method also facilities learning , since trainees are learned by actually doing the job and get quick feedback about the correctness of their performances.

Stages in training needs analysis includes as below: Preparation , deciding the objectives and scope of the training needs analysis; data collection is from employees in the real world; data analysis is needed to analyze the training needs in a systematic way; recommendation to propose the training budget, training design and evaluation methods; action is needed to identify the responsible person and time frame, and implement the plan,

Training principle means the effective motivation of the trainee is needed by the design of the training programme and the methods which are used, the designing a training course is needed to consider the training requirements: attitudes, skills, knowledge. For example, a shop assistant in a convenience store, would require a certain friendly service attitude towards customers, skill in selling, displaying arrangement and knowledge of stock, sale procedures and the company's general policy.

On -the -job-training is given in the normal work situation, the trainee needs to use the actual tools, equipment, document, or materials, that he/she will use when fully trained. The trainee is regarded as a partly productive worker from the time training begins. Off-the-job training is taken away from the normal work situation, usually employing specially simplified tools and equipment. The trainee is not regarded as a productive worker from the beginning, it is exercise practice. Off-the-job training is needed to implement on the company's premises at a training centre or at an educational instituation.

On-the -job training advandages include that it is less costly because it uses noral equipment, the trainee is proficient, there is no transfer of learning problems, the trainee is in the production environment, he/she does not need to adjust to it after the less realistic conditions. Its disadvantages include the trainee may be a poor teacher and may not have enough time to give proper training, if there is a payment-by-results scheme, if may discourage the trainer from training, the training may be inplemented in an inefficient way, a large amount of spoiled work and scrap material may be produced, valuable equipment may be damaged, the production conditions, which are stressful, i.e. noisy, busy, confusing, stress of this type usually inhibits learning. Otherwise, off-job-training advantages include the training is given by a specialist trainer and it should be of higher quality, special equipment, simplified of necessary can be used, the trainee can learn the job from easy to difficulty in planned stage, it is fee pressure of payment-by-work scheme, noise, danger, publicity, the trainee will learn correct methods from the beginning, the trainee does not damage valuable equipment or produce spoiled work or scrap, it is easier to calculate the cost of off-the -job trainin because it is more self contained. It's disadvantages include the higher costs of separate premises, equipment and trainers, learning difficulties to the trainee, when he/she needs to change training equipment to production equipment and a classroom environment to a production environment.

4.2 The four steps of learning requirement

Any learning requirment include four steps: identifying the problem, seeking a solution, selecting an applying training and setting objectives. In seeking solutions steps, common performance problems and solutions include: lakcs of skill problem can be solved to provide suitable skill training, insufficient knowledge problem can be solved by training to broaden understanding, lack of motivtion problem can be solved by training might-re-ethuse, attitudinl problems can be solved by training of management commitment.

The important concern is that the training's topics and contents need to achieve this aim to improve employee (trainee) individual behavior, such as improvement of efficiency is concerned primaryily with doing things right, when effectiveness is about doing the right things well. Because highly efficient training courses do not mean that the training courses and contents are effectiv relevent to the company or individuals concerned needs.

Why does training need to set objectives? Because it can let the trainer gins a better understanding of the desired behaviors when it is seeking to encourage to achieve the training efficiently and effectively, let participants to know what the course details will help to oversome any uncertainty, and assist in motivating the individual and training objectives can indicate what the needs and requirements of the company. It can reduce the waste a quantifiable return on the time and capital invested beafore it has clear objectives for the training achievement.

Why does know what the main objective for training is more important? It has difference between aims and objectives. Aims mean to provide a direction or statement of intent. So, aim is at target, but the objective could be more clear. Whether this objective is realistic one would depend on the people involved and the circurstances under which they operate. This means that when an aim might express a desired outcome, it is the objective which will seek how and when this is attained or desired more easily. So, when the trainer can predict what (are) is the more accurate objective(s) , when this objective(s) is (are) confirmed the real need to the organization's benefit. The training will be more effective or avoids ineffective training consequence (irrelevant training courses and contents) to let trainees (participants) to learn, it means that time and money wasting of the training course. David, L. (2016) explained that why a lesson plan is necessary. He indicated that " the existence of lesson plan can have positive effects. It depends on whether the methodology of knowledge (the how we do it) , but at this stage we are simply examining the knowledge itself (what knowledge are we trying to communicate). However, there are three principle classifications of information. Firstly information that the group must know, it means that there are items of information which are essential to the understanding of the topic in question. In most cases, they will have already been identified in any training need analysis and as they are findmental to the success of any training course on the subject they must be given the highest priority. Secondly, information which trainers should know would include anything which related directly to the information in the must show category. For example, this might include other practices and procedures which interlink with those requires for safety reasons. Finally, the could know matters are those which can be described as useful to the group , but largely incident to the subject. These are items of information which , if time permits, could provide a useful background to the topic , but won't directly assist in its effective execution. This categoty would include historical details, boarder aspects, of the task, further areas of interest and general information."

The classification of information into these three categories allows each aspect of the subject to be examined and assigned to the appropriate category. In this way, it is possible to provide a degree of prioritization , enabling all the essential elements to be concerned in time available and any secondary information to be incorporated as and when circumstances permit.

However, these are number of other factors which will have an impact upon the structure topic and content of any training course . These include: level of understanding, course size, availability of equipment and material, financial constraints and timing. For example, a person's existing knowledge or cognitive inventory will influence whose level of understanding whether it is more or less easily when the trainee is learning the training course, the number of people participation will affect how much can be accomplished and what facilities and trainers are necessary for the course size arrangement, the availability of equipment and materials, e.g. what materials are needed and are available to avoid the kinds of equipment limited supply shortage, the financial constraints' aim to satisfy the course objectives at the lowest cost feasible, and achieve the highest standard of training possible at a cost tht is acceptable to the organization. If the objectives of the course can't be achieved within the limits of available budget, then it is better not to run the course at all then to run unsuccessfully. Finally, the training couse whether it has enough time to prepare all teaching arragement to avoid bad or ineffective training consequence and not to cover-estimate what can accomplished during this period.

4.3 Training and development steps

Gary, D. (2000) indicated that employee orientation provides new employees with basic background information, who need to perform their jobs satisfactorily , such as information about company rules. Orientation is actually part of the employer's new employee socialization process. Socializaton is the ongoing process of researching in all employee the attitudes, standards, values, and patterns of behavior that are expected by the organization and its departments.

Training refers to the methods used to give new or present employees the skills, they need to perform their jobs. Training might mean showing how to operate its new methods, a new supervisor how to interview and appraise employees. Training is used to focus mostly on teaching technical skills, such as teachers devises lesson plans. However, technical training likes that is no longer sufficient. Employers have had to adapt to rapid technological changes, improve product and service quality and boost productivity to stay competitive. Improving quality (quality improvement programs) require employee who can produce charts and graphs and analyze data. Similarly, employees need skills (training) in team building, decision making, and communication, as wel as technological and computer skills (such as desktop publishing, computer aided design and manufacturing) . And as competition demands better service, employees require customer service training for the tools and abilities requiries to serve customers.

Gary, D. (2000) also explaines the five step training and development process, such as below:

First step is needs analysis, which identifies specific job performance skills needed to improve performance and productivity, analysing the audience to ensure that the program will be suited to their specific levels of education , experience and skills as well as their attitudes and personal motivations, using research to develop specific measurable knowledge and performance objectives.

Second step is instructional design, which gathers instructional objectives, methods, media description of and sequence of content examples, exercises and activities. Organizing them into a curriculum that supports adult learning theory and provides a blueprint for program development. Making sure all materials, such as vdeo scripts, leaders' guides, and participants‘ work tools, complement each other are written clearly into the started learning objectives, carefully and professional handle all program elements, whether reproduced on paper, film or tape to quarantee quality and effectiveness.

Third step is validaion, which introduces and validates the training before a representative audience. Base final revisons on pilot results to ensure program effectiveness.

Fourth step is implementation, when applicable , boost success with a train-the-trainer workshop that focuses on presentation knowledge and skills in addition to training content.

Fifth step is evaluation and follow up, assess program success according to: reaction to document that learners' immediate reactions to the training, learning to use feedback devices or pre to measure what learners have actually learned, behavior to note supervisors' reactions to learners' performance following completion of the training. This is one way to measure the degree to which learners apply new skills and knowledge to their jobs, result to determine the level of improvement in job performance and assess needed maintenance.

4.4 How to choose learning or training method

Methods of learning, training and development plans, training sources can be internal to the company or employees are trained from an external organization. Training can range from short term to long term, from online to in-person and from low cost to high cost development programmes for senior or specialist staff could learn techniques , such as coacing and mentoring or secondment, formal or off-the-job learning or educational arrangement.

The choice of learning methods depend on several factors include: the nature and degree of priority of the learning needs, type of occupation, level of seniority and qualifications/educational background of learners, organizational culture, evaluation of the effectiveness of previous learning and training results, experience, time required to complete training, learner preference, each individual may prefer learning in different ways, some prefer classroom learning over real-life practicing , learner preference's over learning ways and styles and their individual characteristics need to be taken into account when selecting , developing and delivering learning methods. For example, in-houe courses provide an opportunity to focus on company specific issues. External courses involves interaction with people from other companies. For example, in-house, on the job training aims to deliver on a one-to-one basis at the trainee's place of work, allocated time to a specified , planned and structured activity.

Reference

David , L. (3 edition, 2016). The Group Trainer's Handbook, Designing And Delivering Training For groups , Kogan Page , US pp. 18-19

Gary, D. (8 edition, 2000), Human resource management , Prentice hall, New Jersey.pp. 248-251

John, A. (2018) Management techniques, a practical guide, London, UK and New York , US: Routledge, pp. 27, 34-37, 67, 70-71,133, 140-144.

CHAPTER V

Performance management

Pay structure steps

Human professionals might create the pay structure for their organization, or they might work with an external compensation consultant. There are several steps to design a pay structure: job analysis, job evaluation, pay survey analysis, pay policy and development and pay structure information (Milkovish, G., & Newman, J. 2008).

Milkovich, G. & Newman, J. (2008) explaines that the pay structure steps include as below:

Step one : Job analysis is the process of studying jobs in an organization. The outcome of this process is a job description that includes the job title, a summary of the job tasks, asjust of the essential tasks and responsibilities and a description that includes the knowledge, skills and abilities needed to perform the job.

Step two: Job evaluation is the process of judging the relative worth of jobs in an organization. The outcome of job evaluation is the development of an internal structure or hierarchial ranking of jobs. Job-based evaluation is used more often than person-based evaluation and so the former will be the focus in this case. There are three methods of job-based evaluation: The point method, ranking and classification. The job evaluation helps to ensure that pay is internally worth perceived to be fair by employees.

Step three : Pay policy identification is the process of determining whether the organization wants to lead or meet the market in compensation. The pay policy or strategy will likely influence employee attraction. Pay policies can vary across families , i.e. groups of similiar jobs, and job level of the top management feels that different areas of the organization.

Step four: Pay survey analysis is the process of analysising compensation data gathered from other employers in a survey of the relevant labor market. Gathering enternal data , e.g. base pay, bonuscs , stock or share options and benefits is the essential to kep the organization's compensation externally competitive within the industry. Employee attraction can be improved by maintaining externally pay structures.

Step five: Pay structure creation is the final step, in which the internal structure (step two of job evaluation) is combined with the external market pay rates . Step four: Pay survey analysis in a simple regression to develop a market pay line. Depending on whether the organization wants to lead or meet the market, the market pay line can be adjusted top or down. To complete the pay structure , pay grades and pay ranges are developed.

In this organization's job analysis, it can infleuce these positions or job titles. For example, office support department has the lower level, front line receptionist, middle level, admin. assistant and top level, assistant to the director of operatons. Operations department has the lower level, operations trainee, operations trainess, middle level , operations analyst, top level, director of regional opertions, top level, director of regional opertions. Human resource department has the lower level, payroll assistant, the middle level, benefits counselor and benefits manager, the top level, HR director. In this organization, the administrative assistatns, perform similiar administrative tasks across departments and do not handle function-specific tasks , e.g. HR. Thus, this organization's administrative assiatant ought be suggested grouping the front-line administrative jobs in a separate job family called office support. However, in some organizations, administrative assistant has possible to need to handle function-specific tasks, e.g. HR. Hence, in these organizations administrative assitant can be the low level group to HR department.

In the job evaluation step, this organization chooses to apply point method to evaluate the pay worth to every job title. The evaluation points method can be weights for example the four degrees for education level are identified as below:

1=high school, 2=assocaites, 3= bacholors, 4=master/graduate

points are then calculated by multiplying the degree by the weights. The compensable factor for the evaluation for front desk receiptionist as below:
skill (50%) degree(1,2,3,4) weight points
education level 1 25% 25
degree of
technical skills 1 25% 25
responsibility(30%)
scope of control 1 10% 10
impact of job 2 20% 40
degree of
problem solving 1 10% 10
task complexity 1 10% 10
120
The ensure that the pay structure is extremely competitive, a pay survey will be conducted. The market pay data must be from the relevant labor market. Surveys can include i.e. six organizations who recruit and hire similiar jobs in the regions. Base pay salary data from the responding organizations are reflected to ensure the summary job descriptions , sample data are appropriately similiar to those in this organization in order to compare and analyze the pay data between other similiar organizations and this organization.
Finally , it need to implement how to design the pay structure. it can be setted the pay ranges for each pay grade, pay ranges create upper and lower pay rates for each job in the pay scale. Each pay grade will have a minimum and maximum pay rate. It is important to remember that all jobs in a paygrade will have the same minimum and maximum pay rates. Percent guidelines below the midpoint the pay range will reach . For example, the maximum might be 10% percent above the midpoint and the minimum might be 10% below the midpoint. The percent guidelines can be based on imput from the organization's job evaluation committee, e.g. clerical and office positions: 10% above and below the midpoint. Entery to mid-level professional and management positions: 30 % above and below the midpoint.

5.1 What is key performance indicator (KPI) components?

Performance management strategy of performance metrics are a powerful toole of organizational change. It can measure organizational performance really. Companies define objectives , establish goals, measure progress, reward achievement, and diplay the results for all productivity. Executives can use performance metrics to define and communicate strategic objectives tailores to every individual and role in the organization. Managers can ue them to identify underforming individuals or teams and guide them and employees can use performance metrics to focus on what is important and help them achieve goald defined in their personal performance plans.

But wrong metrics can have unintended consequences: They can threaten to prolong on organizational processes, demoralize employees and undermine productivity and service levels. If the metrics do not accurately translate the company's strategy and goals into real useful actions that employees can take on a daily basis. Employees will work hard but have nothing to show for their efforts, everyone will feel tired and frustrated, also the company will be efficient but ineffective.

Performance metrics are a criticial ingredient of performance management, performance management has a four steps cycle involves strategize misson, value, goals, objectives, incentives, strategy maps. Then, it needs to plan budgets, forcasts, models, targets. Next , it needs to monitor / analyze performance report, analytical tools. Finally, it needs to adjust or make action to assess, decide and track in execution step.

A performance metrics measurement tool can fasten the business, distill an organization's strategy to serve its stakeholders,linking strategy to processes. A performance metrics can give visual information delivery system that lets users measure, monitor, and manage the effectiveness of their tactics and their progress toward achieving strategic objectives . Collecting , a performance metrics measurement tool enable users to idenitfy problems and

opportunities, taken action and adjust plans and goals as needed.
What is key performance indicator (KPI) components? The only difference between a metric and KPA is that a KPI is a strategic objective and measures performance against a goal. KPI is a strategic objective , KPI measure performance against specific targets. Targets are defined in strategic planning, or budget sessions and can take different forms , e.g. achievement, reduction, absolute zero, tagets have ranges of peformance, e.g. above on, or below target. Targets are assigned time frame by which they must be accomplished. Time frame is often divided into smaller intervals, targets are measured against a baseline or benchmark. The previous year's results often serv as a benchmark.
The goals associated with KPIs are known as targets because they specify a measurble outcome rather then a conceptual destination. Ideally, executives, managers and workers collectively set targets during strategic planning or budget discussions.
In performance management view point, target can be defined five types: Achievement means performance should reach or exceed the target. Anything over the target is valuable but not required, e.g. revenue and satisfaction. Reduction means performance should reach or be lower than the targe. Anything less than the target is valubale, but not required, e.g. absolute means performance should equal the target. Anything above or below is not good, e.g. in-stock percentage and on time delivery. Minimum/maximum means performance should be within a range of value. Anything above or below the range is not good , e.g. mean time between repairs, zero means performance should equal zero, which is the minimum value possible, e.g. employee injuries and product defects. All above these target will be key performance indicator performance tool.
For time frames example, performance targets have time frames, which affects hoe KPIs are calculated and displayed. Many organizatons establish annua targets for key processes. To keep employees on track to achieve those long -term targets, many organizations divide time frames into intervals, that are measured on a more frequent basis. For example, a group may divide the

annual target to improve customer satisfaction from 60% to 68% into four quarterly intervlas with 2% target improvemet each quarter. However, in some cases, such as a retail environment is affected by seasonal shopping, groups many backweighs. The targets toward the end of the year, since most holiday season, during the Dec. holiday season.

Finally, KPI targets could be measured against a benchmark that becomes the starting point for improving performance . Typically, the benchmark is last year's output. So, for example, a sales team may need to increase sales by 20% compared to last year. Or the benchmark could be an external standard , such as the performance level of an industry leader. So, a company might want to set a goals of closing the gap in market share with its closet competitor by 50% next year.

Users can read KPIs to look at a visual display that has been properly encoded and know whether a process of project is on track. To assist users can understand KPI (key performance indicator) performance measurement more easily. It has seven attributes for each. They include: status measures performance against the target and is usually shown with a stoplight. Trend measures performance against the prior interval or another time period and is often displayed using arrows or trend lines. The actual and target values are seld-explanatory and usually displayed with text. Variance measures the gap between actual and target and is displayed using text or a micro bar chart in performance report variance percentage divides the variance against the target. These seven attributes can combine to provide valuable insight into the state of performance.

5.2 How to Implement a Performance Management System

Depending on what kind of changes have been made we will have to prepare a communication and change management plan in order to transfer the organization smoothly from one to another PMS. While the small changes can be covered by simple communication informing about the changes in the system, major changes may even require change of mindset and old habits, which will need a more

serious change management plan.
It is a system that is linked to and feeds many other HR tolls and systems meaning that the final results of those tools are highly dependent on the inputs that they get from the PMS. Having that kind of importance and influence this system, though complex in its nature, from one side has to be as simple as possible so that all managers can willingly and easily use it, while on the other side it has to offer quality results that can be used as inputs for the other HR tools and systems.
The quality of the system and the results it offers depend on the process of setting up the system itself. Doing a good job in planning, defining and introducing the system will do half of the job in securing quality results from the system. So how do we set up a Performance Management System?
Implementation of a Performance Management System is a project of its own... as every other project it needs serious approach towards all project elements and phases.
The implementation of a Performance Management System is a project of its own so it should be treated as one. So, as every other project of this character it needs serious approach towards all project elements and phases such as defining, planning, people, resource and stakeholder management, implementation, monitoring, measuring etc..
The performance management system may contain all of these components, but it is the overall system that matters, not the individual components. Many organizations have been able to develop effective performance management systems without all of the following practices.

A performance management system includes the following actions:

•Develop clear job descriptions using an employee recruitment plan that identifies the selection team.
•Recruit potential employees and select the most qualified to participate in interviews onsite.

•Conduct interviews to narrow down your pool of candidates.

•Hold multiple additional meetings, as needed, to get to know your candidates' strengths, weaknesses, and abilities to contribute what you need. Use potential employee testing and assignments where they make sense for the position that you are filling.

•Select appropriate people using a comprehensive employee selection process to identify the most qualified candidate who has the best cultural fit and job fit that you need.

•Offer your selected candidate the job and negotiate the terms and conditions of employment including salary, benefits, paid time off, and other organizational perks.

•Welcome the new employee to your organization.

•Provide effective new employee orientation, assign a mentor, and integrate your new employee into the organization and its culture.

•Negotiate requirements and accomplishment-based performance standards, outcomes, and measures between the employee and his or her new manager.

•Provide ongoing education and training as needed.

•Provide on-going coaching and feedback.

•Conduct quarterly performance development planning discussions.

•Design effective compensation and recognition systems that reward people for their ongoing contributions.

•Provide promotional/career development opportunities including lateral moves, transfers, and job shadowing for staff.

•Assist with exit interviews to understand WHY valued employees leave the organization.

•Performance Appraisals Don't Work tells you why you want to move away from the traditional appraisal system.

•Performance Management Glossary Entry provides a basic definition of performance management.

•Performance Management Is Not an Annual Appraisal provides the components of a performance management system.

•Performance Management Process Checklist gives you the components of the performance management process.

•Performance Development Planning provides the steps for preparing and implementing performance development planning.
•Performance Development Planning Form is used to write out specific goals and measurements, to be updated quarterly.
•Goal Setting: Beyond Traditional SMART Goals discusses goal setting.
•Tips to Help Managers Improve Performance Appraisals provides concrete suggestions about how those of you who have to manage in a traditional performance appraisal culture can make them better—for both you and the employee.
•Common Problems With Performance Appraisals identifies the most common reasons why appraisals are not effective.
•Phrases for Approaching Performance Reviews and Difficult Conversations shares tips about successfully holding a comfortable appraisal meeting.
Finally, performance appraisal is one part of performance management system. The process by which a manager or consultant (1) examines and evaluates an employee's work behavior by comparing it with preset standards, (2) documents the results of the comparison, and (3) uses the results to provide feedback to the employee to show where improvements are needed and why. Performance appraisals are employed to determine who needs what training, and who will be promoted, demoted, retained, or fired.

5.3 Performance managment aim

Performance management means the goal of reward programs are to attract, motivate people and it is essential for the company to clearly identify the performance and competency levels required of their employees in different roles at different levels. The company will then evaluate , differentiate and reward the employees in a fair and consistent way.
Performance management is one of the most important functions in human resource management. It is also an important tool to link individual objectives with departmental targets. It is a part of a comprehensive human resource management strategy. It needs

to let objectives into practical and realistic performance goals at each level of the company. It provides employees clear aims and forms on job expectation motivates employees to perform better, helps focus on the desired results, improves communication, helps develop employees, capabilities and helps achieve organizational objectives.

It's elements include : planning means agreement on performance goals and targets, based on job descriptions and business objectives, goals and targets have to be specific to clear, measurable, specify quantity, quality, time, money etc, achievable to solve challenges, but within each of competent and committed person, relevant to the company's objectives. So, that the individual's goals can contribute towards the company's objective, monitoring and coaching means on ongoing nd continious process, monitor performance against agreed goals and targets, provide direction/ support and feedback on how well people are doing, recognize and reinforce desirable behaviours, coach and help solve diffculties in achieving desirable performance, identify problem at early stge, take corrective action in a timely manner.

Then, performance review or appraisal meeting means that it is a formal review on the individual's performance, it is usually done once or twice a year to review, monitor and employees for promotion, help identify the training and development needs of employees, achieve a better two way communication between the line manager and the employee with regards to performance.

Next, preparation for the appraisal meeting, it is necessary to keep a record of the individual's performance and achievement with gives support to rating, allow sufficient time for preparation on, what performance problems are to be mentioned, views on the possible reasons for success or failure, any suggestions to solve the problem, give sufficient notice to employee regarding the meeting and respect employee to have a self-appraisal before the meeting they they can identify their own achievements and problems. Finally preparation of the appraisal form, it should be as simple and brief as possible and allow sufficient time for comments, terms should be easily understood, with some notes for guidance, information to collect on the form includes: Key result areas, agreed objectives/targets , assessment of performance against the key result aras details of the development plan to improve performance. What are the development activities participated for current appraisal period mean? Review the development activities are participated by the employee for the past appraisal period and to agree on a development plan for the coming appraisal period. Management coaching for performance means that managers and supervisors have an important role to play in performance management, which is to provide feedback and coaching on employee's performance when necessary, coaching is a process that helps the employee gain how to win overcome barriers to improve job performance on a as need basis, when training uses a structured design to provide the employees with the knowledge and skills to perform a task.

The other difference betwen coaching and training is that the former is normally done in real time. That is , it is performed on the job, at the workplace. The coach uses real-life tasks and problems to help the learners increase their performance. Otherwise, training and learning is taught to a group students to learn in a coaching is effective when it is specific to the individual and it is positive and it is positive and occurs as soon as performance problems are identifies.

Coaching for individual benefit performance includes to identify performance problem by pointing out the facts/describing the behaviours observed in a professional manner, support with evidence if possible, clarify the expectations/standards of the job, explain the consequence of inappropriate actions/behaviours, ask for the employee's view point and how they assess their own actions/behaviours , discuss the caues of the problem/analyze reasons for sub-standard performance, develop and agree on solutions, decide on specific action(s) to be taken.

Why is reward communication important? for this case, a company could be wasting the money spent on salaries and benefits by leaving employees when they listn the true value of the total package. Without employee understanding, reward programs won't motivate employee effort reward achieving business objectives. So, effective reward communication can let candidates existing staff appreciate or understand the value of the retirement scheme or other benefits, such as subsidised meals, life insurance and critical illness insurance. However, if rewards are used to motivate employees, or to encourage higher performance aims, it is essential to have an effective communicating information about pay scales, the provision of benefits and allowances, grading systems, job evaluation , performance-related pay schemes and how pay decisions and made for different individuals or groups of employees.

In conclusion, performance management is not an annual appraisal meeting. It is not preparing for that appraisal meeting nor is it a self-evaluation. It's not a form nor is it a measuring tool although many organizations may use tools and forms to track goals and improvements, they are not the process of performance management.

Note: Performance management is the process of creating a work environment or setting in which people are enabled to perform to the best of their abilities.

Performance management is a whole work system that begins when a job is defined as needed. It ends when an employee leaves your organization. Performance management defines your interaction with an employee at every step of the way in between these major life cycle occurrences. Performance management makes every interaction opportunity with an employee into a learning occasion.

Performance management aims at building a high performance culture for both the individuals and the teams so that they jointly take the responsibility of improving the business processes on a continuous basis and at the same time raise the competence bar by upgrading their own skills within a leadership framework. Its focus is on enabling goal clarity for making people do the right things in the right time. It may be said that the main objective of a performance management system is to achieve the capacity of the employees to the full potential in favor of both the employee and the organization, by defining the expectations in terms of roles, responsibilities and accountabilities, required competencies and the expected behaviors.

The main goal of performance management is to ensure that the organization as a system and its subsystems work together in an integrated fashion for accomplishing optimum results or outcomes. The major objectives of performance management are discussed below:

?To enable the employees towards achievement of superior standards of work performance.

?To help the employees in identifying the knowledge and skills required for performing the job efficiently as this would drive their focus towards performing the right task in the right way.

?Boosting the performance of the employees by encouraging employee empowerment, motivation and implementation of an effective reward mechanism.

?Promoting a two way system of communication between the supervisors and the employees for clarifying expectations about the roles and accountabilities, communicating the functional and organizational goals, providing a regular and a transparent feedback for improving employee performance and continuous coaching.

?Identifying the barriers to effective performance and resolving those barriers through constant monitoring, coaching and development interventions.

?Creating a basis for several administrative decisions strategic planning, succession planning, promotions and performance based payment.

?Promoting personal growth and advancement in the career of the employees by helping them in acquiring the desired knowledge and skills.

Some of the key concerns of a performance management system in an organization are:

?Concerned with the output (the results achieved), outcomes, processes required for reaching the results and also the inputs (knowledge, skills and attitudes).

?Concerned with measurement of results and review of progress in the achievement of set targets.

?Concerned with defining business plans in advance for shaping a successful future.

?Striving for continuous improvement and continuous development by creating a learning culture and an open system.

?Concerned with establishing a culture of trust and mutual understanding that fosters free flow of communication at all levels in matters such as clarification of expectations and sharing of information on the core values of an organization which binds the team together.

?Concerned with the provision of procedural fairness and transparency in the process of decision making.

The performance management approach has become an indispensable tool in the hands of the corporates as it ensures that the people uphold the corporate values and tread in the path of accomplishment of the ultimate corporate vision and mission. It is a forward looking process as it involves both the supervisor and also the employee in a process of joint planning and goal setting in the beginning of the year.

5.4 What is the difference between performance management and performance appraisal?

Performance appraisals are one of the crucial aspects of professionally managed organizations across the world. Each organization has set an appraisal system in place in order to raise its employees' performance over a period of time. They are based on a review of the performance of an employee on the tasks assigned to it. They are used for many aspects such as salary revision, bonus provisions, promotions etc. These reviews are mostly conducted annually, but may be considered quarterly or half-yearly as well depending upon the HR policies of the organizations. Mostly, Human Resource department takes the lead in conducting formal performance appraisals.

Otherwise, performance management systems are set in place to guide the employees to achieve a desired level of performance. It is basically a definition of what organization expects from employee over the next appraisal period. Specific objectives are set for short term (say next quarter), and employee is prepared to achieve the desired outcomes by meeting these short term targets. These targets are defined by the job description along with the desired outcome of the jobs. This helps employees to determine the gaps in their performance and thus helps them to improve before the final performance appraisal happens after a year or six months. However, performance management aims at overall personal development of the employees. It is a form of constructive feedback which encourages continuous improvement. It is helpful to both employee as well as appraiser. There is frequent communication between them which helps in setting right goals for the employee and possible guidelines from appraiser to achieve those goals in an effective manner. It therefore saves employees from the bitter feeling that comes at year end when they feel that they have wasted one whole year without any substantial value addition.

5.5 What are performance management system

The common goals of performance management system consider our daily work routine about our purpose in an organization. It is important to let organizational members understand what their organizations' visions and goals are, how their work fits into the organization, and how they contribute to their mission accomplishment. Hence one effective performance management system can encourage and improve the organization's members to raise their effort to contribute to their organizations. So, it brings this question: How to design one effective performance management system?

A clear understanding of job expectations is needed. When employees and supervisors have a clear understanding of their specific job duties in the workforce are eliminated. Each employee will be expect to contribute their own duties and responsibilities efficiently. All effective performance management system can empower employees to think about and clarify every employee's role in the organization. Organizations need to set clear goals and expectations to help with them. Employee performance plans must provide for balanced, credible measuring expected results, the performance plans include results, the performance plans include appropriate resources, such as quality, quantity, timeliness, and/ or cost-effectiveness. Moreover, performance expectations must be based on job anaysis and understandable, reasonable and attainable and clear specific.

Regular feedback facilitates better communication in the workplace factor is important. Performance strengths and weaknesses. How can employee individual performance can get improvement? In fact, performance management can be a motivational tool, when this tool can let employes to feel more satisfactory. Then, the supervisors can have a performance feedback process that facilitates between the supervisors and their employees. Hence, performance feedback ought need to be regular feedback facilitated better communication in the workplace. It can reduce from normal pressures of work.

How to design effective performance management system ? AN effective management system can measure organizational and employee performance. Performance management involves multiple levels of analysis, and is clearly linked to the topics studied in strategy HRM as well as performance appraisal. The objectives of performance management system often include motivating performance, helping individuals, developing their skills, building a performance culture, determining who should be promoted, eliminating individuals who are poor performers, and helping implement strategies.

Hence, the main purposes of a performance include: The work is performed the best by employees, employees have a clear understanding of the quality of work expected from them, employees effectively these are performing relative to expectation, awards and salary increases based on employee performance are distributed, opportunity for employee development and finding reasons and solutions why the employee performance that does not need expectation. These issues will be performance management usually main purposes.

However, performance management system usually have these phases: Phase 1 (developing and planning performance) , It includes outline development plans, setting objectives and getting commitment for the organization. Phase 2 (managing and review performance), it includes assess against objectives, feedback, coaching , document reviews, . Phase 3 (reward performance) , it includes personal development, link to pay , results performance. What is the performance management aim? On setting objectives stage, the management needs to know how to achieve and help to enourage commitment and understanding by linking. The employees‘ work with the organization's goals and objectives. It needs to let employees to know how to achieve its missions clearly. So, targets need to be setted for each performance and goals setting is the fundamental aspect for an organization. They further indicated that productivity gains will be supported for and employees' participation in the process of setting objectives. It is a motivational process which also gives the individual the feeling of being involved and creates a sense of ownership for employees.

In management and review stage, this involves maintaining a positive approach to work, updating and revising initial objectives, performance standard and job competency areas as conditions change, requesting feedback from a supervisor, providing feedback to supervisors, suggesting career development experiences, employees and supervisors working together, managing the performance management process.

Hence, performance needs to be compared. It is between desired performance and actual performance. When they are measured , then they will give feedback and development. Then, feedback will five opinions to desired performance in order to make performance revision again, even again. Finally, when the desired performance can be achieved the best actual performance measurement result and it will bring actual performance development to achieve actual vision, mission, strategy, value drivers consequently.

IN the rewarding performance, it has three activities: personnel development, linking to pay and identifying the results or performance. In fact, all personnel development is basically self-development. Opportunity for development is valuable only if the individual capitalizes on himself/herself. Development should be designed to improve performance on the current job and then prepare the employee for promotion. In fact, it is only the employees who get promoted , who are currently doing outstanding work and this have been able to demonstrate their capacity to assume greater responsibilities. Furthermoew, training activities should ideally to based on performance gaps that are identified during the performance review phase.

So, regular performance feedbacks are important factors to influence skills development. In addition organizations need a growing interest in pay-for -performance plans focused on small groups or teams. Small group pays pkan provide monetary rewards based on the measured performance of the group or team. However, high performing, effective organizations have a culture that encourages employee involvement. Therefore, employees are more willing to get involved in decision-making, goal setting or problem solving activities, which subsequently result in higher employee performance.

Thus, one effective performance management system needs to follow these steps to implement, such as developing and planning performance step: it includes to set what the main objectives , the organization needs. Then it is managing and review performance step, the organizations need to review whether what differences are between its desired performance and actural performance to prepare review their performance difference. Next, it is reward management implementation, the organization needs to give better reard to the talent employees in order to encourage they develop their skills in the maximum effort as well as it also needs to punish the poor performance employees in order to expect they can review their error. In consequence, all these steps must be followed step by step to implement the performacen management system effectively.

Reference

Milkovich, G., & Newman, J. (2008). Compensation, MC Graw-Hill Irwin. 0*NET. Available at http:// online.onetcenter.org

CHAPTER VI

Sourcing and staffing

How to build talent staffing source

Marion, D. & Michel, S. (2014) explained talent is the sum of a person's abilities, his or her intrinsic grifts, skills, knowledge, experience, intelligenc, judgement, attitude, character and drive. It also includes his or her ability to learn. At the international level, talent shortages are more severe. During the past decade, an internationally mobile group of employees, who can pick and choose where they work. As firms in employing markets also begin competing in the global economy, these people are in ever-greater demand. For example, Sinapore has had on an intensive recruitment programme for skilled foreigh workers, with more liberal criteria for eligibility to work in the country. Some 90,000 now work in the city-state, the majority from the US, UK, France, Australia, Japan and South Korea.

Marion, D. & Michel, S. (2014) indicated several factors need to be taken into account to understand the market for skilled labour. Hays and Oxford Economics pooled their data to identify seven components that together give a better picture of skill shortages as below:

Labour-market participation means the degree to which a country's talent pool is fully utilised, for example, whether women and older workers have access to jobs; labour -market flexibility means the legal and regulatory environment is faced by business, especially how easily immigrants can fill talent gaps; wage pressure overall means whether real wages are keeping pace with inflation; wage pressure in high-skill industries means which wages in high-skill industries outpace those in low-skill industries; wage pressure in high-skill occupations means rises in wages for highly skilled workers are a short -term indicaton of skills shortages, talent mismatches means the mismatch between the skills are needed by businesses and those available, are indicated by the number of long-term unemployed and job vacancies; educational flexibility means whether the educational system can adapt to meet the future needs of organizations for talent, especially in the fields of mathematics and science.

Firms operating in knowledge-intensive industries depend on their most capable staff to help create value through intangible assets, such as patents, licences and technical know-how. In fact, globalisation and technological competition brings to much complexity of many jobs and occupations. Firms are now looking for individuals with an range of abilities that might include specialized skills, broader functional skills, industry expertise and knowledge of specific geographical markets. The skills include: digital skill means the fast growing digital economy is increasing the demand for highly skilled technical workers. Companies are looking for staff with social-media based skills, especially in " digital expression". Agile thinking means the regulatory and environment uncertainty, such as life sciences and energy and mining industry's talent knowledge, ability skill is needed for employee's personal effort and characteristic needs; interpersonal and communication skill, H R managers predict that co-creativity and brainstorming skills be greatly in demand, it will bring relationship building and teamwork skills; global operating skill means that ability to manage diverse employee is seen as the most important global operating skill,, glocalisation (where home-market products and services are tailored to the taste of overseas customers and innovation (where staffs lead innovation and then the company applies these new ideas to mature markets).

Talent is a relative concept, it includes these components, such as technical specialists, especially in areas key to the organization's core capabilities, individuals with hard-to-recurit skills, bright individuals from underrepresented groups whom the positions , the best-performing graduates or school leavers and managers with the potential to move into senior mangement positions at the local, national or internatonal level. However, judgement effort is the main factor to influence organizations to select individuals whose behavior and values fit with those of the organization. How performance and potential are measured is for senior managers to decide.

In many cases, the definition of exceptional performance is explained in competency frameworks and appraisal systems. Defining high potential can be more difficult and might include a range of assessment tools, such as development centres, psychometric testing and the personal judgement of those whose insights into talent are widely repected.

Talent plan has three components: talent gaps mean HR works with business management levels. Once a year to identify which leadership , management and functional skills are needed, how those roles and responsibilities and whether the talent processes are producing people who will be able to solve these skill gaps; talent supply means most of the focus is on management trainees and a smaller porportion of people who are recurited mid-career; talent development means recruiting high-potential individuals at the start of their careers and taking them through a structured development programme.

Talent strategy means how senior leaders can identify the capabilities that help achieve the company's strategy strategic objectives and provide a competitive effort. These capabilities are not just tactical or operational skills, which although important, do have as much of an impact on business performance and profit. Operational management or senior levels and the talent management team then break down each capabilities into parts, such as specific skills, knowledge and expertise. They look at how these skills sets enable each business unit to deliver their part of the strategic plan.

This analysis should indicate the roles where knowledge and expertise are needed for maximum business value. There are not automatically senior leadership or management values. They also extend to technical and specialist roles or to previously overlooked roles, e.g. positions within the organization that help sure that expertise from one part of the business. Part of review many necessitate a fresh look at knowledge management processes across the business. The HR team should also review its own ways of working and thinking o make sure that its processes for recruitment, selection, learning and development, appraisal , reward and recognition and concentrates on the skills, cultural values and behaviors most critical to business performance.

Talent review aims to assess how well employees are performing currently in the critical roles, identified by the strategic review, and their potential to move into more demanding roles. Some of the required data will be held centrally by HR, but almost certainly, the team carrying out the review will need to speak directly to operational and line managers to get feedback about the performance and potential of key individuals.

At part of the review, gap analysis will help identify gaps in skills necessary to carry out the business's strategy and plans and whether any critical roles are unfilled. Succession planning is a important factor here as it may well be that insufficient numbers of potential successors have been identified for certain critical roles. A talent based gap analysis main aim is to focus on hiring and/ or training needs as part of a talent strategy, it is the company's strategic planning process. It draws ona wide source of data, both internally and externally. It looks at strategic needs both current and future, and makes judgements about operational needs.

This analysis determines whether the right talented people are in the right position at the right time. These three factors will influence whether talent planning needs to be improved. For example, right people, but wrong time, it means that people who might not be being used currently because of ao downturn in markets, but who the organization does not want to lose as it takes too much time and money to replace them when demand increases. The organization must therefore determine its strategy for retaining and motivating them; wrong people means that people are not employed to perform the work .

This suggests that a mistake is between HR processes and the business strategy, learning and development processes may not be keeped good with changing business needs. There may be needed to appraise and promote to make right decisions that are leading to a mismatch between roles and people, right people, but wrong location. It means that people who can do the work , but are in the wrong location as a result of a reorganization and constraints on mobility, make more creative use of temporary assignments and virtual working, or relocate work to where it can be done by the most skilful employees.

Finally, once the talent review has identified any shortagesof talent, an organization has three options: either buying talent through external recuritment or building talent through tailored learning and development programmes that involve work experiences that will help talent employment development or borrowing talent by resorting to temporary workers or outsourcing.

Buying talent is an obvious choice when a company needs particular skills or expertise that it does not have time or ability ro develop in existing staff is to buy in that talent. The task is then to source this expertise, and offer the right set of inducements to recruit and retain individuals with the desired skills. However, buying talent can be costly as the going rate for sought-after specialists is high and they are often in a strong negotiating position. For example, swift recuritment processes and flexible remuneration package can attract talent employees‘ applications through external recuritment seeking recritment method.

Borrowing talent is a temporary need for specialist skills it makes sense to borrow or " rent" what is required by contracting with, for example, freelancers, independent consultants, staff on seondment or firms that will supply staff. This form of flexible labour means uncertain times such flexibility becomes more attractive because it enables firms to assemble new combinatins of skills in swift reponse to sudden shifts in their environment. It provides firms with access to wider pool of talent, especially in the case of work that can be performed in any location.

This, building talent means that a larger firm will seek to build its own talent by creating a reliable high potential and high performing employees. The aim is to rise and train talent skilful employees' qualities and efforts and to invest in their careers in the expectation that they will progress to senior positions in the business. So, these individuals are placed in a talent pool where their progress is monitored and where they are given extra opportunities for training and development. To keep talented people to develop, there is an emphasis on performance management, so any weaknesses or developments are needed to find.

6.1 sourcing staff methods

Internal sources advantages of filling a vacancy internally, they include better motivation because employee capabilities are more ensured to promote or transfe, improved moral, performance and loyalty to the employee, lower staff turnover rate, better utilisation of employees because he/she owns more abilities in a different job or capacity , less training required, greater reliability than external recruitment because a present employee is the terms of personality, attitudes, values, work habits etc. known more, being quicker and cheaper than external recruitment.

External source advantages when the company need to expand and growth contribute to the need for recruitment. Other factors include resignation, dismissal, retirement and relocation. Althougm internal recruitment has many advantages,many positions are filled by external applicants. When an internal candidate is transferred or promoted, it means that his/her position then because a vacancy, presuming that there is no reduction in staff numbers and no organizational restructing. Hence, external recruitment can be time consuming , expensive and uncertain. However, organizations still need to conduct the external sources selecting method on a regular basis. The external recruitment source channels may include internal online or newspaper advertising, private employment agencies, professional bodies appointment services, local employment services office of government labor deparment, direct links with universities, colleges and schools, unsolicited applications, recommendations by present employees or by othe employers' referrals.

Talent management steps in validating a test. Test aims to ensure whether the testee's listening and speaking competence, he/she owns the skilful effort is enough to do the vacancy or position in the organization. The steps in validating a test is as below:

The organization needs to analyze the job. It is necessary to conduct a careful job analysis to produce a good job description and an appropriate job specification. These requirements can then become the objectives of the selection tests. Then, it needs to choose the test from among the various testing means, choose the one that is the most valid and reliable. Next, it needs to administer the test. One can either tesst current employees and find out of there is any significant differences between the scores and the employees' performances , it means concurrent validation or test potential candidates before they are hired and compare their scores with their performances after they have been in their jobs, it means predictive validation.

However, predictive validation may have disadvantages, e.g. job performance may be difficult to assess objectively, the process of validation may be lengthy, the results of the test are compared with the performance of a selected group only, it is not completely validated. Concurrent validation is quick, but its disadvantages may include standardisation is difficult, the test is validated against a non-typical group only, i.e. present employers rather than candidates for employment, the present employe may not behave normally when they do the test.

Reference

Marion, D. & Michel, S. (2014) the economist, Managing talent, Profile books ltd, London, UK, pp.1-2, 6.

CHAPTER VII

Employee engagement

employee engagement aim

What is employee engagement? The term employee engagement needs to be clearly understood by every organization. Some organizations perceive it as job satisfaction others say it's the emotional attachment towards the organization. Employee Engagement is a fundamental concept in the effort to understand and describe, both qualitatively and quantitatively, the nature of the relationship between an organization and its employees. An "engaged employee" is defined as one who is fully absorbed by and enthusiastic about their work and takes positive action to further the organization's reputation and interests. An engaged employee has a positive attitude towards the organization and its values.

An organization with "high" employee engagement might therefore be expected to outperform those with "low" employee engagement. Employee engagement improves the productivity of an organization as the practice helps the employees in teamwork, co-ordination and inter-personal skills. It means that such as morale and job satisfaction. Despite academic critiques, employee-engagement practices are well established in the management of human resources and of internal communications. Employee engagement today has become synonymous with terms like 'employee experience' and 'employee satisfaction'. The relevance is much more due to the vast majority of new generation professionals in the workforce who have a higher propensity to be 'distracted' and 'disengaged' at work.

The workplace environment impacts employee morale, productivity and engagement - both positively and

negatively. The work place environment in a majority of industry is unsafe and unhealthy. These includes poorly designed workstations, unsuitable furniture, lack of ventilation, inappropriate lighting, excessive noise, insufficient safety measures in fire emergencies and lack of personal protective equipment. People working in such environment are prone to occupational disease and it impacts on employee's performance. Thus productivity is decreased due to the workplace environment. It is the quality of the employee's workplace environment that most impacts on their level of motivation and subsequent performance. How well they engage with the organization, especially with their immediate environment, influences to a great extent their error rate, level of innovation and collaboration with other employees, absenteeism and ultimately, how long they stay in the job. Creating a work environment in which employees are productive is essential to increased profits for your organization, corporation or small business. The relationship between work, the workplace and the tools of work, workplace becomes an integral part of work itself. The management that dictate how, exactly, to maximize employee productivity center around two major areas of focus: personal motivation and the infrastructure of the work environment.

In today's competitive business environment, organizations can no longer afford to waste the potential of their workforce. There are key factors in the employee's workplace environment that impact greatly on their level of motivation and performance. The workplace environment that is set in place impacts employee morale, productivity and engagement - both positively and negatively. It is not just coincidence that new programs addressing lifestyle changes, work/life balance, health and fitness - previously not considered key benefits - are now primary considerations of potential employees, and common practices among the most admired companies.

In an effort to motivate workers, firms have implemented a number of practices such as performance based pay, employment

security agreements, practices to help balance work and family, as well as various forms of information sharing. In addition to motivation, workers need the skills and ability to do
their job effectively. And for many firms, training the worker has become a necessary input into the production process.

THE PROBLEM STATEMENT

The work place environment in a majority of industry is unsafe and unhealthy. These includes poorly designed workstations, unsuitable furniture, lack of ventilation, inappropriate lighting, excessive noise,
insufficient safety measures in fire emergencies and lack of personal protective equipment. People working in such environment are prone to occupational disease and it impacts on employee's performance. Thus productivity is decreased due to the workplace environment. It is a wide industrial
area where the employees are facing a serious problem in their work place like environmental and physical factors. So it is difficult to provide facilities to increase their performance level. Thus, effective employee engagement strategy can assist the organization's employees feel they are the organization's important members to serve their organizations to work more hardly in order to raise productivities easily.

7.1 What is employee welfare mean?

Employee welfare includes everything, such as facilities, benefits and services, that an employer provides or does to ensure comfort of the employees. Good welfare helps to motivate employees and ensure increased productivity.
Providing good welfare to employees may be a costly decision, but the long-term benefits are immense. It is one way of complying with the law, thus ensuring that an employer avoids legal issues. It allows accompany to retain its good and skilled employees for long periods of time. Employees work well in workplaces where they are treated well and respected. Good welfare also helps to create a good company image for a particular employer.

Employee welfare facilities in the organization affects on the behavior of the employees as well as on the productivity of the organization. While getting work done through employees the management must provide required good facilities to all employees. The management should provide required good facilities to all employees in such way that employees become satisfied and they work harder and more efficiently and more effectively.

Welfare is a broad concept referring to a state of living of an individual or a group, in a desirable relationship with the total environment – ecological economic and social. It aims at social development by such means as social legislation, social reform social service, social work, social action. The object of economics welfare is to promote economic production and productivity and through development by increasing equitable distribution. Labour welfare is an area of social welfare conceptually and operationally. It covers a broad field and connotes a state of well being, happiness, satisfaction, conservation and development of human resources

Employee welfare is an area of social welfare conceptually and operationally. It covers a broad field and connotes a state of well being, happiness, satisfaction, conservation and development of human resources and also helps to motivation of employee. The basic propose of employee welfare is to enrich the life of employees and to keep them happy and conducted. Welfare measures may be both Statutory and Non statutory laws require the employer to extend certain benefits to employees in addition to wages or salaries.

Labour Welfare Measures

Labor welfare includes various facilities, services and amenities provided to workers for improving their health, efficiency, economic betterment and social status.

Welfare measures are in addition to regular wages and other economic benefits available to workers due to legal provisions and collective bargaining. The purpose of labor welfare is to bring about the development of the whole personality of the workers to make a better workforce.

The very logic behind providing welfare schemes is to create efficient, healthy, loyal and satisfied labor force for the organization. The purpose of providing such facilities is to make their work life better and also to raise their standard of living.

7.2 Measurement the level of employee engagement factor

There are a number of external and internal factors that help measure the level of employee engagement. External factors include organization environment; its culture and values, manager-subordinate relationship, relationships with co-workers, monetary benefits and appraisals. Whereas internal factors include the personal values of employee, personality type and commitment to work. Gallup's research on employee engagement shows that there is a strong relationship between well being of an employee and the level of their engagement. An engaged employee is efficient an effective for the organizational outcomes.

Employee engagement has direct effect on productivity and growth. If employees are engaged they will try level best to fulfill their job responsibilities which will consequently lead to not only increase in organization productivity but will also enhance the self performance of employee. In the world of globalization only those organizations which have highly engaged workers can survive and grow. But an organization can engage its employees only if the employees have the desired attitude. Therefore an organization should train its employees to change their attitudes if they want to properly manage workforce engagement.

7.3 employee engagement survey reasons

Nowadays, increasing diverse and geographically workforces bring global competition to live nd retain qualified employees aim. Organizations need to attract, motivately and engage employees though not only the core HR functions of compensation, benefits, performance management and talent development, but engagement programs, such as work life effectiveness, recognition and reward systems.

In fact, one strategic employee engagement if designed correctly, is cost-effective program and valuable tools that can measured and increase employee involvement and ethusiasm in their work and contributions to their employer's goals or values. Industry research analysts indicated that companies in the top employee engagement designed program, which can brough 16% higher profits and 18% higher productivity in general. They also evaluated the relationship between employee engagement and employee turnover. Companies with light effective recognition engagement programs have 31 % lower ineffective turnover than organizations with ineffective recognition programs. However, to be most impactful engagement solutions require innovative features to enble full service, effective management of strategic engagement programs. Social communicative elements along with rich analytics and mobile capabilities that interoperate with existing HR solutions are necessary to keep more efficient and effective changing HR needs and organizational goals.

As the economy slowly makes its way back in recovery mode and more employees are concerned with issues beyond job security. So organizations need to concern how to a focus on employee engagement and the criticial factor ithin organizations that drives performance. HR conulting forms point out a relationship between high levels of engagement and high levels of financial performance. Achieving overall employee engagement is overview to have need. For years, companies around the globle have conducted employee engagement surveys in an effort to determine why their organizations function the way they do, and how they can pull organizations to improve performance. The results of there employee engagement surveys sometimes reflect, better and accurate key business decisions and impacting the day-for-day lives of employees, shareholders and customers.

But is that really all these is to real reflection? Should company focus on employee engagement as the key indicator of success or failure within their organization? Is high employee engagement brings some sort of better management skills? It is absolute no answer. When employee engagement should be measured as an important organizations human resource and social system, truly understanding how to optimize performance in your organization requires understanding your organization requires understanding your culture. For example, we know that with some people, we can increase their engagement and satisfaction by simply, making their work easy-opertating in a go along to get along manner and more generally encouraging passive behaviors.

Employee engagement becomes a popular topic of the workplace instead of job satisfaction and organizational commitment which is approved to effect the organizational outcome. In HR department behaviors that affect th structured interviews were conducted in corporate HR to explore the employee engagement and techniques for improving employee engagement were recommended based on the interview.

The quantitative research results show that job autonomy , performance feedback, challenging work, worker person fit, development support and the connection with co-workers have a strong relationship with employee engagement. And the recommended solutions like building on action team, have more team activities and develop a formal both for big team (corporate HR) and smaller team will improve their engagement over time.

Organizations need to increase their performance by both efficiency and productivity. Managers would hardly deny that employees make a criticial difference in innovation, organization performance, competitiveness and lead to the business success. Hence, HR plays an important role in the employee engagement program with the responsibilities of the survey, providing feedback on results, prommoting communication in different groups of people, encouraging people to take action and providing educational opportunities. Employees growth, teamwork mangement support and basic needs are needed to measure by relevant questions in viewpoint survey by using five point scale. Personal growth is measured by talking about the progress and having job opportunity grow. The options count, mission and purpose fellow employees who committed to quality work and having a best friend at work and identified as the questions for measuring team work . Management support is measured by opportunity to do the best , recognition or praise care and encourage the development.

Employee survey can reflect employees engagement , e.g. one viewpoint survey for the past three years and every time survey has chance to let employees fill the survey in, then HR managers can get the results to give scores. Managers should take get move real feedback from different department staff's positive or negative emotion or feeling aboug whose job tasks, whether they worry about any job difficulties. Hence, surveys can let organizations try to figure out of their employees are engaged and how to make them engaged by using different surveys and tools to stay competitive and improve performance.

In survey contents, there are four main topics in the engagement survey: growth, teamwork, managment support and basic needs. The result can show the most items in engagement support were scored relatively low or high as mean of development support from manager. Hence, many organizations were focusing on designing a successful reward system to keep employees engaged and productive line or the low level managers who can serve their employees are typically the ones who work or fail the engagement tools because line managers need often communicate and contact workers when they are working. They can know what their feeling to their job tasks whether it is positive or negative emotion in order to find solutions how to raise their performance.

CHAPTER VIII

What is the relationship between human resource strategy and corporate strategy

In my opinion, it is very important how to implement one effective human resource (HR) management strategy, such as the development, award (compensation) management, learning and training (talent mangement), job evaluation (performance management review or appraisal, selection and recruitment activities. Because if the organization can achieve one effective HR strategic plan, then it will influence its organizatinal corporate strategy to achieve more successful. Otherwise, if it can not implement on effective HR strategy, then it will not influence its organizational corporate strategy to achieve more successful. I shall give my opinion to explain as below:

Ong Teong, W (2010) explained that one organization hopes to acvieve corporate strategic success. It needs to implement a result-management system to achieve results through and with people. The steps include: The first step is strategic focus: product/service delivery process, operation process flow, functional analysis, performance expectations and operation manual elements. Then second step , it divides two channels. The first channel is from stragic focus to achieve employee performance result as well as the another channel is to plan the management management(expectation), it includes: keu results areas, key performance indicates and target elements of action plans.

Then, it will implement the third step of performance management and review, it includes: evaluation: motivating, communication, coaching and counseling. Next it will bring two channels to the fourth step, the first channel is either it brings control to implement the performance appraisal and the performance appraisal stemp will give feedback to the first step of strategic focus again as well as the another channel is to give feedback to performance measurement second step again.

Thus, in consequence, operations manual, performance measurement, performance management and review and performance appraisal four steps will need to give feedback to achieve the employee performance final result step. So, the author indicated the whole results-measurement system whether it can achieve effective or non-effective employee performance result. It depends on how its first step of strategic focus implement plan to achieve either effective or non-effective performance measurement step, performance management and review step and performance appraisal step in order to achieve an effective or ineffective employee performance result or aim. So, it seens that one organization hopes to achieve excellent employee performance result or aim, the corporate's strategic focus will influence how it can plan one good results-management system to achieve good results through and with people. Thus, the organization's first step how to plan strategic focus, this step is very important to influence how it can bring either excellent employee performance result or poor employee performance result.

What is the strategic focus mean? It can be explained as to predetermine the ner term course of action and direct all business processes and functional activities to the collective priority of the organization for the year as a mangerial planning function. Expected organizational key results areas are also made known. So if the organization can predetermine that whether it ought how to do action and follow the correct directions to implement its functional activities to all business processes. It will bring effective human resource strategic plan to implement to achieve excellent employee performance result. Otherwise, if the organization cn not predetermine that whether it ought how to do action and follow the wrong directions to implement its functional activities to all business processes. It will not bring effective human resource strategic plan to implement to achieve excellent employee performance result. Thus, direct directions to strategic focus plan is a important factor to influence the organization's human resource strategic plan success in order to achieve either excellent employee performance result or poor employee performance result.

How can human resource management influence to strategic focus ? HRM can be defined: hiring and developing employees, so that they become more valuable to influence the organization's strategic focus whether it is success or fail. HRM includes: conducting job analyses, planning personnel needs, and recruitment, selecting the right people for the jobs, orienting and training, determining and managing wages and salaries, providing benefits and incentives, appraising performance, resolving disputes and communication with all employees at al levels. Som these elements will influence whether the organization can bring either excellent employee performance result or poor employee performance result.

Why does knowledge management can improve some organizations' employee performance to be better? Knowledge management is about developing, sharing and applying knowledge within the organization to gain a competitive advantage. It has argued that knowledge is dependent on people, and that HRM activities , such as recruitment and selection, education and development, performance management and pay/rewards as well as the creation of a learning culture are important for managing knowledge within organizations.

However, knowledge is either explicit or implicit. In this classification , explicit knowledge is considered to be formal and objective, and can be numbers and specifications. It can therefore be transferred via formal and systematic methods in the form of rules, procedures. Otherwise, implicit knowledge is subjective, situational , and is tied to the knower's experience. This makes it difficult to formalize, document and communicate to others. Insights, personal beliefs and skills and using a rule to solve a complex problem are example of implicit knowlege, such as learning computer software designing knowledge is one kind of implicit knowledge. So, implicit knowledge can be shared in relational situations, such as mentorships, and coaching and through in-house trainings, where experienced employees are encouraged to share their experiences with their colleagees.

In one organization, knowledge management is needed to let its employee to understand such as: what an organization knows, the location of knowledge , e.g. in the mind of a expert, e.g. computer software designing trainer in a specific computer software designing department, in old files' records, with a specific team etc. in what form this knowledge is stored, in the minds of experts, such as one computer software designing company's computer software designing trainers‘ minds, on paper, in notes of how to write the kind of computer software programme, how to best transfer this knowledge to the relevant people, e.g. the computer software designing trainees in order to take advantage of it and ensure that it is not lost, e.g. the kind of computer software designing skill and the need to methodically assess the organization's actual know-how versus the organiation's needs and to act accordingly, e.g. how to select to hire the most suitable employee to do the position, or how to follow the rules to promote specific in-house knowledge creation. Thus, knowledge management is useful or helping to any organization's employee skillful development because it focuses on knowledge as an actual asset, rather than as something intangible. If the organization can transfer its any knowledge to be actual asset, it enables an organization to better protect and exploit what it knows , and to improve and focus its knowledge-development efforts to match its needs.

I shall indicate computer software product manufacturing industry, knowledge management is important to influence the computer software company's software sale number. For example, computer software design industy, any computer software design organization ought need have good knowledge management strategy to improve its computer software designing programmer

individual skill level to be upgraded in order to raise their every one computer software design programme skill. Thus, learning and training strategic plan is very important to computer software sale company's software design programmers or trainees). The computer software design trainer need have more
working experience to design software program and the high educational level for computer software designing program course if they want to be the trainers in any computer software companies in order to apply their computer software programming design skill or knowledge level to teach different different kinds of unique computer software design program knowledge concepts and theories and programming skill in order to let their computer software designing program trainees who can learn how to create different kinds of new and unique computer software products to cope further unpredictive different kinds of computer software product users
needs.

Thus, such as computer software program designing organization case example, it explains that why strategic focus can influence its employee performance, such as computer software programmer. If the computer software program designing
organization can have one effective strategic focus or corporate strategic plan, how to process of formulating, implementing and evaluating business strategies to achieve organizational objectives, e.g. it's human resource of computer software
program designing trainee training aim is that how to apply computer software design program knowledge concept and computer software program designing trainers know how to transfer their computer software design knowledge skills to their trainees easily in order to improve their computer software design knowledge to create and innovate the unique computer software to satisfy its further computer software product buyers' needs. Thus, when it have right or correct directions , e.g. how to teach its computer software program designing trainees to design unique computer software products to cope computer software buyers'

needs. Then, its computer sodtware trainees will have more computer software program designing knowledge concept thinking to solve any computer software program designing problem, doing the most right methods or decisions makings to design computer software products innovations, taking risks and facing uncertainty to adopted the unpredictive further computer software product buyer individual need more easily. So, knowledge management skill to computer software program designing trainers which is very important to influence whether the kinds of computer software products are popular to accept to use for the computer software company. Also, it implies that when the computer software company has a right or correct strategic focus implement plan, then it will bring the correct or right knowledge management training courses to suggest its computer software trainers to know whether they ought how to teach or train their computer software trainees in order to imprive their computer software program designing skills effectively in order to satisfy its further unpredictive computer software company clients or individual computer software users their needs more attractively in the global competitive computer software sale market.

Thus, in computer software sale industry, training and learning strategy is one important part of human resource strategy to any computer software sale companies nowadays. Because computer software consumers had been often changing different kinds of computer software products' demands, they need to raise their software qualities to satisfy their needs. If the computer software company has none any excellent computer software programmers to design any new and unique computer software products to satisfy further unpredictive computer software product users' changing needs. Then, they can choose to buy another computer software company's software products which can provide similar or better software functions to replace its traditional software products easily. So, the training and learning development is one important factor to influence the computer software company whether its software sale number can be increased or decreased easily. It depends on the knowledge level of its computer software programmers. So, the software designing knowledge is every software programmer individual tangible asset to influence the computer software company's any kinds of software product sale number. It assumes that the software company can increase software sale number easily if it own many number of high software program designing skillful software programmers. Otherwise, if it own less number of high software program designing skillful software programmers. it can not increase software sale number easily, even it will decrease software products sale number.

Hence, it explains why some organizations need have skill satisfaction, such as computer software design organization case example, for HR to have a major role in software program designing organizational business strategy, it needs to have the kind of right software program designing skills to its different kinds of software program trainees. Highly correlated with HR's overall role in strategy are business partner skills, such as software program designing skills. Included in the scale are businss understanding, software designing strategic planning, how software organizational department's organization design and cross-functional experience of different kinds of software designing skills, e.g. who can be the kind of software designing trainer. it is harding surprising that these different kinds of software desinging skills are so strongl related to one computer software program desinging organizational HR's role in strategy. They are all critical and capability to engage in any computer software product sale organization's business decisions and to deliver organizational -level to different kinds of software programming products design method in one software product sale organization. It is consistent with the point that, to be a strategic partner to the software designing organization, such as the computer software trainers. HR needs to understand the computer software business, e.g. how to select the most excellent software designing trainers to teach the different kinds of software designing knowledge to their diffeent kinds of software designing trainees to learn in order to improve o upgrade their software program designing skills effectively.

In conclusion, it explains that every organization of strategic focus is different . It depends on whether what kinds of product it sells or what kinds of service it serves. Such as computer software product sale organization, it's strategic focus is how to design the different kinds of unique software products to satisfy software product , such as company software or individual software users' needs. Hence, training and learning department is one important department to influence its software product sale number. It must need excellent software trainers to teach their software trainee individual software designing knowledge in order to improve every one software designing skills in order to cope further software product buyers' needs, when it chooses th right training and learning strategic plan to train its software designing skills. Then, they can have more confidence to design any kinds of good quality of software products to sell in global software product market successfully, e.g. the software sale company can have new kinds of software products to promote to sell every three month. Hence, it seems that right strategic focus will influence right HR strategic plan to be implement to improve employee performance or better quality of software productive result. It explains that learning and training department is needed to computer software sale industry.

Reference

Ong Teong, W. (2010), Results management effective people management to acheve excellent results: Singapore, John Wiley & Sons (Asia) pte. ltd. pp.1-8.

CHAPTER IX

How human resource brings benefits to organizations

Why do some organizations need human resource department(HRD)? Why do some organizations also need human resource strategy? What will occur if the organization has none human resource department? I shall attempt to explain as below:
Torraco, R.J. & Swanson, R.A. (1995) indicated that the role of HRD in organization strategic planning. Two factors have influenced HRD toward a more active role in the formulation of busines strategy. They include the centrality of information -technology to business success, and the sustainable competitive advantage offered by workforce expertise. These two factors work together in such a way that the competitive advantages they offer are nearly impossible to achieve without developing and maintaining a highly competent workforce.
What will be human resource department's positive influence to bring to organization's benefits? I assume that HRD is a more influential role at the point of strategy formulation and is becoming on of the key determinants of business strategy. Due to this rapidly changing business environment fator, it requires a dynamic strategy planning process and flexible use of resources . So, I assume that HRD is a formative role in both the strategic planning process and in developing innovative , competent human resources in large size organization.
In fact, human resource department can bring various benefits to large size organizations. Some benefits may be calculated , e.g. raising productive bumber, reducing employee turnover number, but other some benefits may only be feeling, e.g. improving employee engagement performance, building positive employee work attitude, building employee loyalty and organizational

warming culture. So, if one large organization has one effective HR department, it can help the organization to achieve above these any one of aims easily.

Moreover, every human resource department ought have HR management strategy, it includes these elements: planning HR needs, staffing organizations based on HR needs, compensating and motivating employees, appraising employee behaviors, enhancing potential e.g. training and development, maintaining effective work relationships and work environment. Meeting current needs to every department staff, e.g. what are the application to the position's minimum requirement, whether the applicants need to raise skill level, knowledge, expertise, education level to apply the position. Forecasting when the department will have staff number shortage challenge ot excessive staffs number, it needs to plan when to need to reduce the staff number to some positions in the department before the deparment feels that it does not need extra employees in short time. Succession HR planning to ensure year organization can provide skillful training and learning knowledge to avoid talent employees and organizational knowledg lost. increasing maximum utilization of individuals to achieve organizational objectives, supervising employees to work efficiently and effectively in all levels.

Hence, HR department role is advisor. It needs to provide advice and services in the following areas. On an ongoing basis: maintenance of HR records, recuitment, selection, orientation, training and development, compensation and benefits , administration, employee counselling and labour relations. All HRM functions are interrelated as well as each function affects other areas. The functions include how to manage every employee's performance, it is one goal-oriented process directed toward ensuring organizational processes are in place to maximize productivity of mployees, teams as well as how to achieve formal system of performance as team task performance, how to achieve compensation to all rewards that individuals receive as a result of their employment.

Compensatin can influence direct financial compensations, e.g. wages, salaries, bonuses and commission , indirect financial compensation (benefits), e.g. vacations, sick leave, holidays, and medical insurance, non-financial compensation , e.g. satisfaction that person receives from job itself or from psychological and/or physical environment in which person works. Employers also need to concern safety and health to its employees, such as protecting employees from injuries caused by work-related accident and freedom from illness and their general physical and mental well being: human resource activity is often referred to as industrial relations, because business is required by law to recognize a union and bargain with it in good faith if the firm's employees want the union to represent them, e.g. one airline firm's front line service employees plan to strike on job, due to they feel their salaries are below than market salary level. So, they will find union to represent them to complain the airline, e.g. stopping on continue to work in unlimited period. They will wait till to the airline management can meet them to discuss their unfair salary issue. Then, the airline needs have one HR compensation represent to be arranged on what day and time to plan how to meet them to solve their complaints. Hence, the airline labour relation represent needs have good negotiation skill to persuade them to continue to work in the shortest time in order to avoid airline travellers' dissatisfaction, due to planes are delayed to fly. So, HR department needs have good negotiation function to solve labour related issues nowadays.

However, human resource department's function , instead of selection, recuitment, reward, training, performance evaluation etc. functions. The benefits arrangement function is also very important to influence employee individual engagement to bring positive attitude to work in the organization. I shall indicate global public service (government)'s police force organization case for example to explain why whose human resource department needs to consider policemen benefits issues. Because if the country's public service police force organization can provide excellent benefits to encourage them to do catching thiefs activities hardly.

Then, I believe that the country's crime rate to itself country will be fallen down , even to the miniumal level , zero crime occurrence. Then, it will influence the country's critizen will live in safe environment and many different countries travellers will choose to go to the safe country to travel in preference when they feel the country's crime rate is low, so the crime chance will be less to occur to the traveller himself/herself. When he/she is staying in the country's journey time.

I shall indicate Hong Kong (HK) public service police force organization example, its HR department is considering policeman individual welfare issue. It insource one welfare department to deal all policeman individual welfare needs. So, HK policemen individual welfare can include: insurance, free holiday living vacation appartment, subsidiary of travelling air ticket price allowance, HR policeman individual adult son or daughter whose overseas education subsidiary allowance, low market rate of rent private living quarters, low interest private loan , low interest education loan etc. different kinds of benefits. So, HK pubic service police force organization whose HR function is considering policeman individual welfare need. It aims to encourage every one has more engagement to catch any thiefs to achieve zero crime final result aim as well as it hope to let travellers feel safe to choose to travel to HK , this small city as well as it hopes HK citizen can feel safe to live HK to reduce emmigrant to overseas number. It seems that HK government's police force organization's welfare issue will be HR main function. It will follow different HK policeman individual beneficial nees to arrange the most satisfactory beneficial arrangement to provide their needs. So, it also seems HK policemen will consider whether HK police force employer can provide what kinds of benefits to persuade themselves to select to join to HK government police force organization to work. Hence, how to arrange different kinds of benefits to satisfy HK policemens' needs. It will be HK police force's main part of function for HK police force organization. When this organization has good benefits to satisfy HK policemens‘ extra need , instead of attractive salary

and promotion rank chance.
Financial and non-financial benefits will be global police force organizations which need to consider matter if they hope their country policemen can have more engagement to do catching thiefs activities in order to achieve zero crime occurence final aim. Moreover, every private or public organizations' benefit policy can influence the organization's employees performance either improve or not improve. Because nowadays employee will consider whether the organization can give provide what kinds of benefits to encourage them to stay to the organization to work longer time. If the organization can provide attractive benefits to let its employees to feel financial and non-financial reasonable reward, instead of basic salary /wage reward. Then, reasonable benefits can enourage their working performance to be improved. So, any organizations' HR department ought consider whether whose organization's employees have any benefits need in order to reduce employees turnover number and imprve working performance and efficient working productivities. So, how to choose the suitable benefits arrangement issues , it will be future HR department's one part of important function to any private or public service organizations.
Finally, the another consideration is how to achieve HR planning. How it will provide the managerial function of an organization, such as it ensures adequate supply of human resource,, it ensures proper quality of human resource, it ensures effective utilization of human resource. However, human resource planning must incorporate the HR needs in the organizational goals, HR planning must be directed towards clear and well defined objectives. HR plan must ensure that it has the right number of people and the right kind of people at the right time doing work for which they are economically most euitable, HR planning should concern the principle of periodical reconsideration of new developments and extending the plan to cover the changes during the given long period. So, HR planning will given the organization to estimate and project the supply and demand for different categories of personnel in the organization for the years to come. For example, HRP can

help the government to allocate its resources to the various sectors, e.g. agriculture, industry etc. depending upon the priority accorded to the particular sector. It can help industry sector to estimate the more accurate employee demand number and the labour market employee supply number in order to avoid employee shortage challenge or excessive employee number to the organization's different departments.

HR planning perios can include activities planning, daily and weekly (short term) e.g. the department supervisor writes specific actions, responsibilities, cost time schedule and organizational profitability , day-to-day and week -to-week plans and work schedule decentralized throughout the firm. The intermediate range planning (3-5 years) , e.g. deployment of resources, acquisitions, divestments and internal development of product line need for employee number increasing or decreasing arrangement. The strategic planning (5 to more years) long term, it is corporate philosophy value system and policies, goals and objectives, key success factors, product market scope, competitive allocation of resources, analysis of issues raised by external factors, employment demand and manpower supply analysis, forecasting total staffing level, number of managers and personal forecasting changes in managers and key personnel, activities , e.g. planning change whose current positions to seek another firm's positions or planning to promotion for the employee's career planning.

Consequently, Hr department function will need to predict every employee individual activities and how to influence its organizational development.

reference

Torraco, R.J. & Swanson, R.A. (1995). The strategic roles of human resource development, HR planning, 18(4), pp.10-21.

9 798887 720937

Printed by Libri Plureos GmbH in Hamburg, Germany